グラウンド
〜風の通り道〜
プール
第2グラウンド

いか焼き
ベビーカス
チョコバナナ

やきそば
たこやき

空母せたたま小学校

戦争が起キルカモシレナイ

作:芝田勝茂　絵:倉馬奈未×ハイロン

登場人物紹介
野間《のま》ヒトミ
せたたま小学校《しょうがっこう》生徒《せいと》。ゲーム大好《だいす》き。
三田《みた》フジムラ
超秀才《ちょうしゅうさい》。ヒトミのクラスメート。
溝口《みぞぐち》アユ
おしゃれの大好きなヒトミのクラスメート。

すみれ先生
ヒトミたちのクラス担任《たんにん》。
冬元《ふゆもと》のぞみ
空母せたたま小学校艦長《かんちょう》。スーパーコンピュータ「パンドラ」から生まれた。
レンガくん（高橋《たかはし》こうじ）
すみれ先生のカレシ。ゲーム好き。
小六《ころく》マモル
ゲーム大好き。ヒトミのクラスメート。
芦村《あしむら》たくみ
のぞみの「弟」。

もくじ

第2部

戦争《センソウ》ガ起キルカモシレナイ

Give Peace a Chance

Prologue

プロローグ

長い長い旅がつづく
秋の冷《つめ》たい雨にぬれ
冬の夜空にこの身も凍《こお》る
夏のかわいた大地には
砂《すな》まじりの風

こころはいつも飢《う》えていた

でもいつだって　ひもじさをみたしてくれたのは
あなたのひとみの奥《おく》の果実《かじつ》

若《わか》さのあやまちなんかじゃない
湧《わ》き出る泉《いずみ》のほとりで
ふたりで誓《ちか》ったあの日
いまでもあなたとなら
たたかう用意がある

こころはいつも渇《かわ》いてた
でもいつだって　渇きをうるおしてくれたのは
あなたと数えた夢《ゆめ》のかけら

若《わか》さのあやまちなんかじゃない
湧《わ》き出る泉《いずみ》のほとりで
ふたりで誓《ちか》ったあの日
いまでもあなたとなら
たたかうために行くわ

第1部

夜ノ子ドモタチ

Once Upon a Fantasy

1 スクランブル交《こう》差《さ》点《てん》

「なんとまあ、たくさんの人！」とわたしはさけぶ。

「やっぱ、せたたまとはちがうねえ、シブヤは」とアユ。

わたしたちはいま、せたたまから電車で十分、シブヤのハチ公前を見おろす、ビルの五階のフルーツパーラーにいる。

そろそろ暗くなって、街《まち》にはいっせいにあかりがともり、眼下《がんか》には、スクランブル交《こう》差点《さてん》をわたるひとびとの群《む》れが、まるで闇《やみ》の底《そこ》にうごめく生き物のように、変形《へんけい》と生成《せいせい》をくりかえしている。

「アメーバみたいだ」とフジムラ。

「アリでしょう」とマモル。「ここって、すりばちの底みたいだから、アリジゴクにおっこちたアリの群れみたい」

「ひらめいたぞ」とアユ。「あそこにいるのは、大昔からみんな同じひとたちなんだ」

「うわーおもしろい」とわたし。「シブヤ一族、みたいなのがいて」

「その一族は、毎日、おしゃれするためにシブヤのお店に入っていくの」

「意味わかんねー。そいつらどこに住んでるんだよ」

「ドーゲン坂っていうのよ」

「おお、なんかこわい雰囲気《ふんいき》だー」

四人でばかみたいな話をしながら、交差点を見ている。

信号《しんごう》がかわるたび、たくさんのひとびとが、ぶつかりもせず、混乱《こんらん》もなく、たて、よこ、ななめにつっきっていく。見ていてあきない。外国からの観光客《かんこうきゃく》はなおさらだろう、目を丸くして、交差点のようすを見ている。

新学期になったというのに、なぜこんなにおそい時間に小学生のわたしたちがシブヤにいるかといえば、本日は映画《えいが》を見にきたのだ。映画そのものはさほどでもなかったが、ひさしぶりにみんなで遊んでいるので、うきうき。そこへフジムラがいう。

「さて、暗くなったし、そろそろ帰らなくちゃね」

もう。あきれるほどちゃんとした子だ。でもみんな立ちあがる。

一階におりると、目の前がスクランブル交差点《こうさてん》。信号《しんごう》がかわるのを待つ。

「あれ？」とアユが目をまるくした。

「どうした？」

「すみれちゃんが、あそこに」

指さすほうを見ると、交差点のむこうに、われらが担任《たんにん》、すみれ先生が、白いスカートに白いブラウスという、さわやかな、でもわりとめだつかっこうで、となりの男性《だんせい》を見あげているではないか。しかもうっとりした顔でさ。その、見あげる先のオトコとは。

「ぎょえーっ！」

「なんだよヒトミ。カエルがつぶれたみたいな声出して」

「ら、らりるれ、レンガくんだ〜」

「あら、ほんと！」

「「ええっ！」」

レンガくんは、すみれ先生のカレシさんで、オンライン空戦《くうせん》ゲームでいっしょに戦《たたか》ったり、いろいろ縁《えん》があるのだが、それはゲームの中のこと。マモルとフジムラは、生《なま》のレンガくんを見るのははじめてなので、おどろいている。わたしとアユだって、病院《びょういん》でこんこんと眠《ねむ》っていたレンガくんしか知らないから、こうしてすみれ先生とデートしている彼《かれ》を見るのは新鮮《しんせん》なショック。

「まだわかれてないのかぁ～」とわたしはのろいのことばをはく。

「何いってるの、二人はおつきあい、はじまったばかりでしょ。それにお似合《にあ》いだよ。こうして見るとレンガくん、けっこう王子さまね」

「たしかに」とマモル。「すみれ先生、シンデレラ気分だ」

信号が青にかわる。

「どうする、あいさつする？」とアユ。

「そりゃ、やめたほうがいいって」とマモル。

「デートしてるときは、先生ってことはわすれていたいでしょう」とフジムラ。

そうか。そうだろうな。

わたしたちは、二人をちらちら見ながら、スクランブル交差点《こうさてん》のすこしはじっこによって、駅にむかう。

二人は恋人《こいびと》どうしの雰囲気《ふんいき》まるだしで、交差点を横ぎろうとしている。

そのとき。

プシュッ

なんか、空気がぬけるような音とともに、あたりがいっしゅんのうちに暗くなった。


「あれ?」「うわっ!」「きゃあっ!」

「やだ、真っ暗!」「あいたっ!」

「ごめんなさい!」「あぶない!」

「おいおい」「停電《ていでん》か?」

「どうなっちゃったんだ？」

スクランブル交差点の真ん中で、いきなり照明《しょうめい》が消えた。

みんなぶつかったり、悲鳴をあげたりしている。

信号《しんごう》も、さっきまでこうこうとかがやいていたネオンも、イルミネーションも、交差点をかこむいくつかのビルの壁《かべ》の巨大《きょだい》スクリーンから流れていた、はでな映像《えいぞう》と音楽も、ぜんぶが消えてしまったのだ。

交差点にむかう何本かの道路の街灯《がいとう》も、すっかり消えてしまい、信号待ちをしている車のヘッドライトだけが交差点を照《て》らす。その車が、何台か、
ブブーッ　　ぺぺぺぺポ　　ウィンウィンウィン……

と、クラクションを鳴らしはじめ、ひとびとの悲鳴とともに、スクランブル交差点は、ちょっとしたパニック状態《じょうたい》だ。

駅の交番から、おまわりさんが数人、あわてて走ってくる。

「ほんとに停電《ていでん》なのか?」とフジムラ。「めずらしいこともあるものだ」

「気をつけて」マモルがすっとわたしとアユをかばうように立つ。

もう、すみれ先生どころではない。

まわりは大混乱《だいこんらん》。

そのとき、巨大《きょだい》スクリーンがひとつだけ、ぱっと明るくなった。

右往左往《うおうさおう》していたひとたちは、いっしゅん動きをとめてスクリーンを見あげる。

「停電がなおった……わけじゃない」とフジムラ。「ほかのあかりがついてない」

そうなのだ。そのひとつのスクリーンだけが、明るくなったのだ。

そして、何か画像《がぞう》がうつしだされる。

まず、文字がおどった。

それは、アラビア数字の「8」だった。いくつもいくつも、「8」の数字が画面にあらわれては消える。8が横になって、無限大《むげんだい》をあらわす「∞」になったりする。

それから、すべての数字が消えて、ニュース画面になった。

テレビで、けっこうよく見かける男性《だんせい》アナウンサーが、原稿《げんこう》を読みあげている。

「臨時《りんじ》ニュースをお伝《つた》えします。臨時ニュースをお伝えします」

アナウンサーは、二回くりかえした。ふつうなら画面に流れるはずのテロップもない。

アナウンサーはいった。

「本日午後八時、わが国は、北華人民共和国《ほっかじんみんきょうわこく》に対し、宣戦《せんせん》を布告《ふこく》しました」

「ええーっ?」「宣戦布告?」

「戦争《せんそう》ってこと?」「まさか」

「どこと?」「何いってるんだよ」

スクランブル交差点《こうさてん》のひとびとが、ざわめいている。

アナウンサーは、ふたたびニュースを読みあげた。

「本日、北華人民共和国《ほっかじんみんきょうわこく》の輝春《きしゅん》市港内において、邦人救出《ほうじんきゅうしゅつ》にむかった日本海軍駆逐艦《かいぐんくちくかん》『いざなみ』および『いざなぎ』に対し、北華共和国軍の戦闘艦《せんとうかん》数隻《せき》がいきなり発砲《はっぽう》してきたため、『いざなみ』『いざなぎ』は、やむをえず輝春市港内の北華軍の戦闘艦に応戦《おうせん》しました。両艦は、現在《げんざい》も北華人民共和国の海軍と交戦中《こうせんちゅう》です。

　政府《せいふ》は北華人民共和国に対し、本日午後八時をもって、国交断絶《だんぜつ》と宣戦布告《せんせんふこく》を表明しました。アメリカ合衆国《がっしゅうこく》政府は、日本の北華人民共和国への宣戦布告に対し、全面的《ぜんめんてき》な支持《しじ》と協力《きょうりょく》を発表しました。国内基地《きち》の米軍《べいぐん》は臨戦態勢《りんせんたいせい》をとっています。陸軍《りくぐん》は海軍・空軍の協力のもと、北華共和国が不法《ふほう》に実効支配《じっこうしはい》をおこなっている春島《はるしま》への出動を開始しました。一方、国内においては本日午後八時をもって戒厳令《かいげんれい》が発令《はつれい》されました。これにより無届《むとど》けのすべての集団行為《しゅうだんこうい》と集会が禁止《きんし》されます。また、先に施行《しこう》された特別戦《とくべつせん》争法《そうほう》にもとづき、十八歳以上《さいいじょう》のすべての日本国民《こくみん》は兵役《へいえき》が基本義務《きほんぎむ》となります。国内の共和国国籍《こくせき》のすべての人間は監視対象《かんしたいしょう》となり、財産《ざいさん》は凍結《とうけつ》されます……」

　画面の色がかわった。ニュース画面が消え、ブルーの光が画面いっぱいにひろがる。

SNN
緊急放送

それから、またしても文字がうかんだ。
数字の「8」。
「8」がどんどん「88888888888……」と、増殖《ぞうしょく》していく。
「8」で画面がうめつくされたとき、コンピュータ音声がいった。

イクサガミ　ガ　復活《フッカツ》　スル

プシュッ

画面は消えた。
沈黙《ちんもく》が、数秒のあいだ、スクランブル交差点《こうさてん》を支配《しはい》する。
それから、なんだか明るい音とともに、交差点をかこむ、すべての光が復活した。
ぱぱぱぱぱぱぱぱ…………

交差点の中にいたひとびとは、キツネにつままれたようにきょとんとし、つぎのしゅんかん、はっとわれにかえって、いそいで交差点をわたりはじめる。

壁面《へきめん》の巨大《きょだい》スクリーンは、停電《ていでん》の前と同じように、はげしい音量《おんりょう》でポップスのPV《ピーヴィ》をうつしだす。ネオンやイルミネーションはふたたびかがやきをとりもどし、信号《しんごう》のかわった交差点はあっというまに車の洪水《こうずい》となった。

「なんだったの、いまのは」

「ニュースでしょ」とアユ。平然《へいぜん》としている。

「そのニュースで、戦争《せんそう》がはじまった、っていってたんだよ！」とマモル。

「でも、まわりは平気な顔してるけど」とアユ。

ほんとだ。みんな何ごともなかったかのように、それぞれ行くべきところへと、移動《いどう》していく。

あんなニュースが流れたのに、だれもおどろいていない。

「アユだっておどろいてないし」

「なんか、むずかしいことといってたから、あたし、よくわかんなかったの」

「だから、宣戦布告《せんせんふこく》した、つまり戦争《せんそう》をはじめたぞ、っていってたんだ」

「相手はどこなの？」

「北華人民共和国《ほっかじんみんきょうわこく》……」

「その国、どこ？」

はずかしい話、わたしもそういうことはさっぱりわからない。

フジムラはいった。

「そんな国は、ない」

「なんでそこと戦争するの……って、ないの！」

フジムラがうなずく。

「朝鮮《ちょうせん》半島にも、中国大陸《ちゅうごくたいりく》にも、そんな国はないよ」

「存在《そんざい》しない国と、戦争をはじめたのか？」

「その前に、だね」

フジムラはため息をつきながらいった。

「さっきのニュースは、基本的《きほんてき》におかしいんだ。北華人民共和国《ほっかじんみんきょうわこく》のこともそうだけど、日本の国防軍《こくぼうぐん》は、海軍とか陸軍《りくぐん》といういいかたはしない。護衛艦《ごえいかん》といういいかたはあっても、駆逐艦《くちくかん》なんていわない」

「それにそもそも『いざなみ』と『いざなぎ』は、まだ建造中《けんぞうちゅう》のはずだよ」と、国防軍の装備《そうび》にくわしいマモルがつけくわえた。

「ええっ？」

「じゃあ、いまのは何。未来《みらい》のニュース、ってこと？」

「うん。それっぽかった」とマモル。

「映画《えいが》の撮影《さつえい》でなければね」

「そうか！」とアユ。「いっしゅんだけ、スクランブル交差点《こうさてん》が、タイムマシンになって、未来がうつしだされたんだ！」

なるほど、とわたしとマモルはうなずいた。だがフジムラは首をふる。

「それはないよ。ぼくらは未来を知ることはできない」

「どうしてよ。タイムマシンだったら時間をこえることができるでしょ？」

「あのね。タイムマシンで、過去《かこ》に行くことはできる」

「できるの？」

「そう。ほら、いまから何十億《おく》年も前におきた星の爆発《ばくはつ》を、いま、ぼくらは天体望遠鏡《てんたいぼうえんきょう》で見ることができるだろ？」

「うん」

「つまり、宇宙《うちゅう》のかなたの星の過去を、ものすごく進化した科学の力で見ようと思えば、見られないことはない。まるで目の前におきたことのように、再現《さいげん》することも不可能《ふかのう》ではないだろう。極端《きょくたん》なことをいえば、過去におきたすべてのことは、宇宙に記録《きろく》されている」

「うわっ。かっこいい。それが、過去に行く、ってことね？」

「そう。過去は、おきてしまったことだから、ひとつしかない。でも未来というのは、これからおきること。すなわち、未来《みらい》は、まだおきてないから、だれにもわからない」

「もっとわかりやすくいって」

「昨日《きのう》のできごとはかえることはできないけど、明日《あした》は何がおきるかわからない、ってことだろ?」とマモル。

「そういうことでいいよ」とフジムラ。わたしとアユはいった。

「「そんなの、いわれなくても知ってるよ」」

「でもそれがいまのスクランブル交差点《こうさてん》と、どういう関係《かんけい》があるんだ?」とマモル。

「つまりあれは、未来のニュースではない、っていうことさ」

「じゃあ、あれはなんだったんだ?」

「それに、あの、最後《さいご》のことばは何よ」

「イクサガミ、っていってた」

「いくさの神さま、ってことかな。きいたことがない」とフジムラ。

そのとき、わたしたちは、人波の真ん中で立ちどまっていた。

きっとじゃまだったにちがいない。

「わっ! ちょっとお!」

わたしは通りすがりのひとにおされてよろめいた。

たおれる〜〜!

「おおっと」

助かった。

通りすがりのだれかが、たおれそうになったわたしのからだを、すっとささえてくれたのだ。

あったかくて大きな手。

「大丈夫《だいじょうぶ》？」

「あ、ありがとうございます！」

逆光《ぎゃっこう》で顔はわからないが、大柄《おおがら》な男のひとだ。

その男のひとのつれの女性《じょせい》がいった。

「どうして子どもがこんな時間にシブヤにいるのぢゃ！」

「「すみれちゃん！」」「「先生！」」

やれやれ。すみれ先生ではないか。ということは……。

（レンガくん？）

見あげるわたしを、かれはにっこり笑顔《えがお》で見おろした。

なんてことだ。うわ。心臓《しんぞう》が早鐘《はやがね》をうってるぞ。

「偶然《ぐうぜん》だね。こんなにたくさんのひとごみの中で、担任《たんにん》の先生と生徒《せいと》が会うなんて」

担任の先生がいなければ、もっとすごい偶然だったのにな。

わたしとレンガくんは、ゲームの中ではあるけれど……いや、まあいいや。

「生徒と特別《とくべつ》な関係《かんけい》は持ちたくないんだけど、この子たちとは、なぜか、あちこちで出会うのよね」とすみれ先生はいって、急にわたしにむかって、

「イツマデモ、ヨリカカッテルンジャナイ」と、どすのきいた声でいった。

いや、よりかかってたんじゃなくて、助けられたままの体勢《たいせい》だからさ。

でも、ずっとこのままでもよかったのに。

よっこらしょ、とおきあがって、レンガくんをちら、と見る。

すました顔で、ありがとう、と口もとを動かすと、レンガくんはなんだかふしぎそうな目でわたしを見た。

気づいてよ。

気づかないよね。この小学生が、サザンクロス・エンジェルだなんて。

ありがた迷惑《めいわく》なことに、すみれ先生は「出会ってしまったからには」せたたままで、わたしたちを送るといいだした。

つまり、レンガくんとは、ここでおわかれ、ということらしい。

「ごめんなさい。せっかくシブヤでおいしいラーメン食べようと思ったのに」

日ごろ先生らしくないのがすみれちゃんなのに、カレシの前だとこういう、ええかっこしいをするのか。アユがすかさずいった。

「先生、あたしたちだけで帰れますから、どうぞデートつづけてください」

「どうかひとつ」とわたしもお願《ねが》いした。恩《おん》にきせられてはたまらない。

ところが、先生ったら意固地《いこじ》になってるの。

「そんなわけにはいかないわ」

するとレンガくんはいった。

「じゃあぼくも、せたたまでおつきあいするよ。じつは、せたたまには、気になってるラーメン店があるんだ。そこ、いちど行ってみたくて」

「んまあ。じゃあ、いっしょに行きましょうか」とすみれちゃん。

うれしそう。やせがまんしてたのがばればれ。

「せたたまで、気になってるラーメン屋って、どこですか」とマモル。

「うん。せたたまには、有名な店がいくつかあるんだけどね。博多《はかた》ラーメンの『濃《こ》く丸《まる》』とか、昔屋台だった『山《やま》ちゃん』とか。でもぼくが行きたいのは、そんな有名じゃなくて、かくれた人気店なのさ。チャーシューとスープがばつぐんだそうだよ」

「そこって……？」

「『小六《ころく》』っていうんだけど……おお、きみも知ってるんだね！」

満面笑顔《まんめんえがお》のマモル。

「知ってるも何も」とフジムラ。「このマモルのお兄さんが『小六』の若《わか》だんなです」

「ええっ。そうなんだ！」

というわけで、若いカップルと、小学生四人組という妙《みょう》なとりあわせのわたしたちは、電車の中でもりあがっている。

アユは、にたにたと笑《わら》ってわたしの耳もとでささやく。

「すみれちゃんとレンガくんとヒトミ。このふくざつな三角関係《かんけい》を生《なま》で見れるとは」

「ばっかじゃないの。本人が気づいてないのに、三角も四角もないでしょっ」

「そういえばそうだ。ヒトミは資格《しかく》ないから、失格《しっかく》だ～」

「なんだとお！　……って、だじゃれかいっ」

「あんたもあたしも小学生」とアユはわたしのおでこを指ぱっちんした。「あたしたち小学生の本分は、おしゃれ、だよ」

「ちがわい。小学生の本分は、恋《こい》と冒険《ぼうけん》だいっ！」

「さっきの話だけどさ」と、わたしたちのばか話に水をさすようにフジムラがいった。

「うん」「なに？」

「とつぜんの停電《ていでん》、そしてありえない臨時《りんじ》ニュース。あれは、だれかが故意《こい》に、心理的《しんりてき》な効果《こうか》をねらっておこしたものじゃないかと思うんだけど」

「どういう効果？」

「なんのために？」

「いまは、だれも、戦争《せんそう》なんか起きないと思ってるだろ。でも、ああいうショッキングな、にせのニュースを流しつづけていると、だんだんそのことに慣《な》れてくるものなんだ。

実際《じっさい》に戦争が起きるかもしれない、という雰囲気《ふんいき》がつくられていくわけさ」

「はあん」とマモル。「すごくよくわかる。いかにもいまの政府《せいふ》がやりそうなことだ」

「政府じゃないかもしれないでしょ」とアユ。「DEMON《デーモン》とか」

小学生には似合《にあ》わない会話をひそひそとしている。

そのとき、窓《まど》ぎわで、すみれちゃんとむかいあっているレンガくんと目があった。

ずきゅーん。

なんということだ。すみれちゃんとレンガくんがならんで立っているだけで、なんでこんなに胸《むね》がせつなくなっちゃうんだ。

そのレンガくんが「なんの話?」と、わたしたちのところにやってくる。

フジムラが答えた。

「カレシさんは、さっき、スクランブル交差点《こうさてん》で停電《ていでん》になったときのこと、おぼえておられますか?　……あの、へんなニュースが流れたこと」

レンガくんが、いっしゅんかたまった。

「……きみたちも、見たんだね?」

「え？　みんな、見たんじゃないんですか？」

「それが、こちらにいらっしゃる、すみれ先生ときたら、そんなニュースなんかなかった、っていうんだよ。まるでぼくがまぼろしでも見たかのように。でも、これではっきりしたね。いっしゅん停電《ていでん》になり、そのあとでビル壁面《へきめん》の大画面に、おかしなニュースが流れたんだってことが」

レンガくんがいうと、すみれちゃんはふんぜんとしていった。

「じゃあ、なに。わたしはそのとき、気でもうしなっていたっていうの？」

「まあ、それに近いね。だって、ほら、この子たちが見たっていってるんだもの」

「この子たちは、ふだんからちょっとへんなの」

「あ、ひどーい」「何がへんなんですかっ」とわたしとアユ。

「あんたたちは、ときどき集団《しゅうだん》でおかしくなるじゃないのよ。じぶんでわかってないだけ。だから心配《しんぱい》してるの。こうじさんも、ちょっとおかしくなってるんですからね、あのゲーム機爆発事件《きばくはつじけん》以来《いらい》。あーもう、まわりがこうだから、わたしってたいへん！」

「あ、あのニュースのひとだったんだ。中野《なかの》の」とマモルがおしばいをしている。

で、その顔には「あんたが昏睡状態《こんすいじょうたい》のとき、おれは紫電改《しでんかい》で勾玉島《まがたま》まで飛《と》んで、はげましたんだぜ」と、とくいげに書いてある。ふん。助けたのはわたしだ。

「あー、たいへんでしたよね、あのときは」とアユ。その顔にも「すみれちゃんに、夜明けになったらキスするようにとアドバイスしたのはあたしよ」と書いてある。

フジムラだけは、何くわぬ顔ですみれちゃんにいった。

「お察《さっ》し申《もう》し上げます」

2 カウンセリングのテキスト

で、結局《けっきょく》、みんなで「ラーメン小六《ころく》」におじゃますることになった。

二階に通されてしばらくすると、「マモル、営業《えいぎょう》すごいじゃないか。また新しいお客

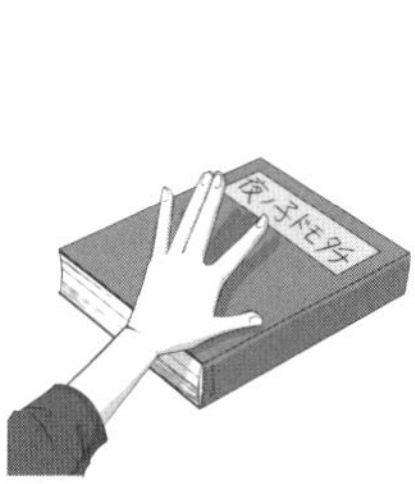

さんつれてきたのか」と、注文をとりにあがってきたマサカドさん。

「兄貴《あにき》、こちら、すみれ先生のカレシさん」とマモル。

「ええっ！　す、すみれ先生にカレシができた？」

おや。妙《みょう》にマサカドさん、動揺《どうよう》してる。

「こんばんは。高橋《たかはし》こうじといいます。いちどここのラーメンが食べたかったんです」

「へえー。いったい、どこでうちのことを？」

「ゲーム雑誌《ざっし》に、ここのラーメンが好《す》きだっていう人の、インタビューがのってたんですよ」

「へえー。ゲーム雑誌というと、GAO《ギャオ》の店長かな。あと、うちにきてるゲーマーっていうと……ヒトミちゃんか？」

「ヒトミちゃんって……」レンガくんがけげんそうな顔をする。やばい。

「このヒトミちゃんときたら……」マサカドさんをマモルがさえぎった。

「みんな、注文いいかな？」

「あ、そうだね。ぼくは『小六《ころく》ラーメンぜんぶのせ』で」

「あたしたちは、ふつうの小六ラーメン。四つ」とアユがいうと、

「いいってことよ。ぜんぶのせ、六丁っ」と、マサカドさんが下にむかってさけぶ。

「あざーっす!」と、店員さんの大きな声が下からきこえる。

やったね。トッピング、おまけだ。

「あのさ……」とフジムラがもじもじしながらいった。

「いま、ちょうどお金、なくて。……カードならあるんだけど」

「小学生でカード持ってるのかいっ」

「ま、フジムラならありうる話だけど」

そういえば、くらま文具店でフジムラがえんぴつ買うところ、見たことない。

「ここはあたしが貸《か》してあげるわ」アユがえらそうにいった。

「ありがと。現金《げんきん》は持ち歩かないんで。数学パズルのバイト料《りょう》がふりこまれてるはずだから、明日《あした》お金おろして返すね」

フジムラは、ネットのクイズサイトで、数学パズルをつくるという、小学生にはありえないバイトをしている。

「いいわよ、いつでも。でも、そのバイト料《りょう》って、いくらもらえるの？」

フジムラが小声で、ありえない金額《きんがく》をいったので、みんな、のけぞった。毎月のわたしのおこづかいとは、けたがちがうのだ。

「それをいったい、何に使ってるのよ、フジムラ」

「本代とか……ネットの料金とか、まあいろいろ」

「ネットの料金って……有料サイト!?」と、わたしがみけんにしわをよせると、マモルがあわてていった。

「ヒトミの想像《そうぞう》してるような有料サイトじゃないってば。フジムラが見るのは、世界情《じょう》勢《せい》とか、最新《さいしん》の科学レポートみたいなサイトだよ」

「何よ、わたしの想像してるサイトって」

「まあまあ」とアユ。

めずらしくお金の話になる。マモルは、ラーメン小六を手伝《てつだ》い、バイト料をもらっている。額はまずまず、小学生としては裕福《ゆうふく》。大人《おとな》なみの働《はたら》きだから当然《とうぜん》か。フジムラはパズル制作《せいさく》バイトだけでなく、大学の先生である父親の手伝いもする。論文《ろんぶん》の資料《しりょう》づくりとか、学生のレポートの下読みとか、いずれにせよ並《なみ》の小学生のやることではない。

アユは、ずっとわたしにもひみつにしてきたのだが、小学生むけファッション雑誌《ざっし》のモニターやモデルになっていると告白《こくはく》した。

「よくもだまってたわね？　で、いくら？」

こちらもまあ、それなりの収入《しゅうにゅう》。

「おまいら……」わたしは絶句《ぜっく》した。「ほんとに小学生かよ。うちではぜったいに、よそでアルバイトとか禁止《きんし》だよ。まして大人の」

「それにしちゃ、ヒトミはけっこう金づかいあらいんじゃない？　ゲーム代とか、ばかにならない金額《きんがく》じゃないの？」とアユがおせっかいなことをいう。

「親からのおこづかいだけで？」とフジムラ。

「ふっふっふ。ヒトミさまを見くびるなよ」と、わたしは不敵《ふてき》な笑《え》みをうかべた。

「あんた、どうして泥棒《どろぼう》なんかする子になってしまったの！　あれだけ悪事に手をそめちゃいけないって、あたしが口をすっぱくして」

アユがよよと泣《な》きまねするので、「すみません、ついついでき心で」といちおうのってから「そんなわけあるかいっ!」と怒《おこ》ってみせる。最近《さいきん》アユと練習している、関西風《かんさいふう》の「のりつっこみ」というやつだ。

「ゲーム関係《かんけい》でかせいでる?」

「いやまあ、それはただのゲーマーだから、ゲーム代とられることはあっても、かせげはしないよ。ときどきランキング一位《い》になると賞品《しょうひん》もらうこともあるけどね。ふつうは、地道にママの実家で、じいさまの書斎《しょさい》の整理して、おこづかいもらってるの」

「そんな、べんりなおじいちゃまがいるの!」

「じいさまは、売れない作家なの。だから秘書《ひしょ》とかいなくて、資料《しりょう》とか、読みおわった本なんか、わたしが整理して、いらないものは売りとばすのね。値《ね》が高くつきそうなのは、バザーとかフリーマーケットまでとっておいて、まとめて売りにだすの。だいじな本まで売っちゃって、怒られることもあるけど。でも、いちばんの収入源《しゅうにゅうげん》は、じいさまの使った領収書《りょうしゅうしょ》を分類《ぶんるい》して、日付ごとに『出納帳《すいとうちょう》』という支出《ししゅつ》ノートに記入する仕事なんだ」

「なんか、むずかしそうなことやってるな」とマモル。

「見よう見まねでできるようになったの。いまはぜんぶわたしにまかせてくれてる」

「それって……大人《おとな》の仕事じゃないの」とすみれ先生がいった。

レンガくんと仲《なか》よく話しこんでると思ってたのに、いつのまにかきかれてた。

「確定申告《かくていしんこく》の項目《こうもく》のわけかたがむずかしくて。旅行なのか、取材《しゅざい》なのか、接待費《せったいひ》と交際《こうさい》費《ひ》のちがいとか、教養娯楽費《きょうようごらくひ》の範囲《はんい》とか、学校で教えてくれないんだもん」

「あ、それ、兄貴《あにき》がいつも苦労《くろう》してるやつだ」とマモル。

「まあ。公務員《こうむいん》は、お給料《きゅうりょう》からひかれるだけで、税務署《ぜいむしょ》に申告したことないから、ちんぷんかんぷんだわ。ヒトミ、すごいね」

「いやいやいや。じいさまの本が売れれば、ふつうにおこづかいもらって、苦労しなくてすむんですけど、ほんっとに売れない作家なんで」

「あのさあ、ヒトミ」とフジムラがいった。「それ、パソコンで入力したら、かんたんだよ。いまどき、そんなのいちいち項目わけてるひとなんて、時代おくれの……」

「だって時代おくれの作家なんだもん。ふんっ」

するとき、レンガくんが口をはさんだ。

「ちなみに、その作家さん……なんて名前?」

「どうせ知りませんよ。橋田淳《はしだじゅん》っていうんだけど」

じいさまのペンネームを人前で口にするのは、はじめてだ。なんかはずかしい。

「ええっ！　橋田淳？」

レンガくんが、名前をきいて反応《はんのう》したのでこっちがおどろく。

「知ってるの？」と、すみれ先生がたずねた。「あなたって、ほんとにマイナーなことばかり、よく知ってるわね。このラーメン屋さんといい」

「『マイナーでわるうございました！』」とわたしとマモルは同時にいった。

「いやいや、ぼくにとってはたいへんメジャーな作家ですよ、橋田淳は。もちろんラーメン小六《ころく》もだけどね。きみだって読んでるよ」とレンガくんはすみれちゃんにいった。

「橋田淳？　あれ？　もしかして『集団《しゅうだん》カウンセリング』のひと？」とすみれちゃん。

「正解《せいかい》。まさにそのひとだよ」

「なるほど。あなた、こだわってたもんね」

わたしは首をかしげた。

「それ、じいさまじゃないです。そんな本、じいさまは書いてません。いちおう秘書《ひしょ》がわりなんで、じいさまの著書《ちょしょ》くらいは知ってますから」

じいさまの本のタイトルは、ぜんぶおぼえている。そんなタイトルの本はない。

「いや。タイトルはべつなんだ。橋田淳は『集団《しゅうだん》カウンセリング』という実践記録《じっせんきろく》をもとに、小説《しょうせつ》を発表したんだよ。教育関係《かんけい》の学生の間では、その小説は『集団カウンセリング・レポート』と呼《よ》ばれてる」

「なつかしい」とすみれちゃん。「学生時代を思いだすわ」

「集団カウンセリングってなんですか」

「もう、かなり前のことなんだけど、臨床心理学《りんしょうしんりがく》の草わけ時代に、出版《しゅっぱん》された本なのね。教育関係の学生にとっては、わりと有名な小説で。ほら、いまは各学校《かくがっこう》にスクールカウンセラーがいるでしょ。そのころは、まだそんなシステムもなく、不登校《ふとうこう》の子どもがいても、教師《きょうし》がどう対応《たいおう》していいかわからなかった時代の話。そのころは『不登校』じゃなくて『登校拒否《きょひ》』っていってた。拒否じゃなくて、行けなかったというのに。で、その不登校の子どもたちを、まとめて集団でカウンセリングしたという、小説なの。レポート形式のね。ほんとのレポートではなく、フィクションなんだけど、ありきたりのレポートとはちがっておもしろいし、カウンセリング初心者《しょしんしゃ》の学生にとっては入門的《にゅうもんてき》なテキストになっていた小説《しょうせつ》なのよ」

「どんな小説ですか」とフジムラ。

「ある町で、同時期に、五人の子どもがいっせいに不登校《ふとうこう》になってしまうところから、物語がはじまるんだ」

「いじめとか？」とアユ。

「だれにも原因《げんいん》がわからなかった。そこで、かれら五人の子どもの不登校問題を解決《かいけつ》してほしいと、ある心理学研究所に依頼《いらい》があった。なんとこの研究所というのが、実在《じつざい》の研究所をモデルにしててね。山葉《やまは》心理学研究所っていうんだけど。当時、心を病《や》んだひとびとに対する無理解《むりかい》は相当なものだった。いまなら『うつ病』としてあつかわれる症状《しょうじょう》であっても、そのころは『気のせいだ』『なまけものだ』なんて、職場《しょくば》や家庭では平然《へいぜん》といわれていた。まして、子どもたちの心理的な問題は、ほとんどかえりみられることはなかったんだ。そんなとき、心理学の権威《けんい》、ドイツのユンカース研究所で分析医《ぶんせきい》の資格《しかく》をとり、のちに教育大臣にもなった臨床《りんしょう》心理学者、山葉博士《はかせ》が日本ではじめての心理学研究所をつくったのさ。山葉心理研は、臨床心理学のさきがけで、新進気鋭《しんしんきえい》の学生、学究《がっきゅう》を輩出《はいしゅつ》していた。で、その町からの依頼で、山葉心理研から、研究生が派遣《はけん》された。研究生は、五人の子どもと、町の宿泊施設《しゅくはくしせつ》に泊《と》まり、そこで『集団《しゅうだん》カウンセリング』をおこなった。そして子どもたちの不登校の理由をつきとめた」

「どんな理由だったんですか?」とフジムラ。

「五人は、共通《きょうつう》の恐怖体験《きょうふたいけん》をしていたんだ。そう。じつは、その町には、古代からのタブーがあり、そのタブーをやぶったものは、まるで聖書《せいしょ》のロトの妻《つま》のようだが、塩《しお》の柱になるのではなく『石の顔』になる、という、いいつたえがあった」

「石の顔?」

「なんというか、表情《ひょうじょう》をなくした、無機質《むきしつ》な顔、ということなのかな」

「マネキンみたいな顔ってことですか?」とわたし。

「な、なんておそろしい」とアユ。

「いや、石の顔になったのは、子どもたちじゃなくて、まわりのひとびとだったんだ」

「ええっ?」

「五人の子どもは、学校で、まわりのものが全員、『石の顔』になるのを見てしまった。その恐怖《きょうふ》から、不登校《ふとうこう》になってしまったんだ。そして、その幻覚《げんかく》を見た理由の背後《はいご》には、町のおきて、タブーみたいなものの存在《そんざい》があった。

そこで研究生は、子どもたちとともにその謎《なぞ》をさぐる『集団《しゅうだん》カウンセリング』を開始した。

「おもしろそう！　そういう小説《しょうせつ》なんだけどね」

「読んでみたいな」とアユ。

すみれ先生がいった。

「教育心理学の世界では、レポートふうのこの小説には、いまではまちがいといえる問題がたくさん指摘《してき》されているの。クライアント、つまり対象《たいしょう》である子どもとのつきあいかたとか、ことばのやりとり、心の中へのふみこみかた、距離《きょり》のとりかたとか、カウンセリングをめざすものにとっては、さけて通れない問題がたくさんふくまれていたの。そもそも、ふつう、個々《ここ》の子どもには、それぞれぜんぜんちがう事情《じじょう》があるわけでしょ。だから個別《こべつ》にカウンセリングすべきなの。なのに、主人公の研究生は『集団カウンセリング』という、とんでもないことをやっちゃったわけね。個々の事情《じじょう》を無視《むし》して、十把《じっぱ》ひとからげにカウンセリングするなんて、ありえないんだけど」

「でも結果的《けっかてき》に、けがの功名《こうみょう》というか、子どもどうしが協力《きょうりょく》しあって問題を解決《かいけつ》していったわけ。そこには、同じ歴史《れきし》、同じタブーを持った町としての事情《じじょう》があった。さらに、集団でキャンプ生活みたいな、共通《きょうつう》の時間をすごす中で、たがいの心の病《やまい》がいやされる、という効果《こうか》も証明《しょうめい》された。子どもの心の傷《きず》を治療《ちりょう》するのに必要《ひつよう》なのは、大人《おとな》ではなくて、同じ年代の子ども同士《どうし》だっていうことを主張《しゅちょう》しているんだ」

レンガくんは、先生志望《しぼう》なんだ、とわたしは思った。すくなくとも、すみれちゃんと同じく、教育を学んだ学生だったんだ。

「その小説《しょうせつ》を書いたのが、ヒトミのおじいさんなんですか?」とフジムラ。

「そう、橋田淳《はしだじゅん》。でも教育心理学の専攻生《せんこうせい》以外《いがい》には有名じゃない本さ。いまは絶版《ぜっぱん》になっている。町の名前なんか、実名で書いてあったから、おそらく、抗議《こうぎ》か何かがあったんじゃないかな」

「さっきおっしゃってた、その町の古代から伝《つた》わるおきて、というか、タブーというのはなんだったのですか」とフジムラがたずねる。

「その前に『タブー』ってなんなの」とアユ。「ブタさんが、ひっくりかえった？」

ちっとも笑《わら》わずにレンガくんはつづける。アユ、かんぺきにすべったぞ。

「日本語では禁忌《きんき》、という。ふれてはいけない、語ってはいけない、いまわしいこと、をいうんだ。もしもそのおきてをやぶれば、かならずわざわいがおきる、という」

「ブタさんをひっくりかえしては、いけない」

アユがしつこくいう。見あげた根性《こんじょう》だ。

「で、その町のタブーは、なんだったのですか？」

「夜にまつわることでね」とレンガくんはいった。

わたしたちはみんな、身をのりだして、その話をきこうとした。

そのときマサカドさんが「お待ちいっ！」と、ラーメンを持ってあがってきた。

ラーメンをすすりながら、レンガくんにたずねる。

「すみません、その……じいさまの本のタイトル、なんていうんですか」

「あ、それをいってなかったね。『夜ノ子ドモタチ』っていうんだよ」

「……あれか！」

そのタイトルの本は、たしかにじいさまの本だなにあった。知っているどころではない。三冊《さつ》、同じタイトルで、しかもそれぞれちがう表紙だった。

一冊は、濃紺《のうこん》の背景《はいけい》。

夜の道を子どもたちが歩いている表紙。

もう一冊は、真っ黒な背景に、古代の埴輪《はにわ》の兵士《へいし》が浮《う》かびあがっている絵の表紙。

三冊目は、部屋のドアがあいて、部屋の中のコンピュータの画面がちらりとのぞいているイラストの表紙。

その、どの本の表紙も、タイトルは『夜ノ子ドモタチ』だった。

「なんか、ぶきみな三冊だね」とわたしがいうと、じいさまは苦笑《にがわら》いした。

「この本は品切れになるたび、編集者《へんしゅうしゃ》がやってきて、うちで出させてほしい、といってね。三度も版《はん》をかえて発売されたんだが、結局《けっきょく》売れない本にかわりはなく、絶版《ぜっぱん》になってしまった」

「どんな本？　ホラー？」

そのとき、じいさまは、たしかにこういった。

「ほんとうにあった話さ」

「へえー」

「ヒトミに教えよう。いい小説《しょうせつ》というのは、たいてい、ほんとうにあったことをもとに書いてある。事実は小説よりも奇《き》なり、じゃなくて、奇なる事実を描《えが》いているのが小説なのさ」

「そうなんだ」

「ま、そのうち、読む気になったら読んでごらん。読書にも出会いというものがある。いつかヒトミも読むだろう」

わたしは読んだことがないのをはずかしく思った。じいさまが書いたというだけでも、それはまさにひとつの、出会いというものではないのか。

「これまで読まずにいて、ごめんなさい」

「あやまることなんかない。おまえがいつか読んでくれることを想像《そうぞう》するだけで楽しめるよ。その時にわたしを思い出してくれるかな、とか考えてね」

うちは共働《ともばたら》きだったから、しょっちゅう、ママの実家、たぬき公園のそばの、じいさまの家で遊んでいた。たまの休日、じいさまは水族館や動物園とか遊園地とか、よく電車に乗って連《つ》れていってくれた。たいくつなはずの博物館《はくぶつかん》や図書館も、じいさまといっしょだと楽しかった。電車に乗っているときなんか、じいさまは、わたしにひそひそと、それはおかしなないしょばなしをするのだった。

「あの、入り口に立っている若《わか》い男がいるだろう。あれは、じつは昨日《きのう》、三年つきあった女の人にふられてしまったんだ」

じいさまの口からでまかせに、わたしものってみる。

「それであんなに目をふせて。悲しそう。でも、三年もつきあったのに、どうしてふられたの?」

「昨日、二人はデートしたんだよ、モロオカ遊園地の観覧車《かんらんしゃ》に乗って。そのときに、とんでもないことがおきたのさ。観覧車のてっぺんで、デートの相手の女の子がいった。

『あなたにとって、いちばんだいじなものって、なあに?』残念《ざんねん》なことに、男はすぐに『もちろん、きみだよ』とは答えられなかったんだ。すると女の子は、悲しそうな顔をして、観覧車《かんらんしゃ》のドアのカギを内側《うちがわ》からカラン、とはずし……」

「こ、こわいよ、じいさま！」作家だけあって、話はいつもおもしろく、電車に乗っている時間が長いと感じたことはなかった。

ある夜、じいさまの家のバルコニーで、二人で流れ星を見た。その流星群《りゅうせいぐん》は、千年に一度というみごとな夜空のショーだった。

「こんど、この流星群を地上で見ることができるのは、千年後なんだそうだ」

「千年後……」

「そのときも、ヒトミとわたしは、いっしょにこの流星群を見ているかもしれないね」

千年後、もちろんわたしはヒトミではなく、じいさまもじいさまではない。どんなふうな二人になっているのだろう。じいさまはいった。

「もしかしたら、二人とも人間じゃないかもしれない」

「ねえ、この本、いま読んじゃだめ？」

「うーん。ヒトミがもうちょっと、大人《おとな》になってから読んだほうが、この本から受けとめるものは多いかもな」

「わかった」

そんな話をしたのは、いまから一年ほど前。

では、いま、その時がきたのかもしれない。


まちがいなかった。

フジムラがたずねた。

「その、古くからのタブーのある町っていうのは、いったいどこですか?」

「急行で一時間ほどの、なんのへんてつもない地方の町だよ」

「名前は?」

レンガくんはいった。

「八塚《やつか》市、というんだ」

そのとき、わたしたちは、全員、ジグソーパズルのひとつのピースが、カチッとはまった音をきいたような気がした。

3 自由への壁《かべ》

わたしとアユは、たぬき公園のブランコにのっていた。

「何もアユが来なくても」

「ふっふっふ。不安《ふあん》なくせに。ありがとうとおっしゃい」

「不安なわけがないでしょ。ひとの恋路《こいじ》をじゃますると、犬に食われちゃうんだぞ」

「そんな犬はあたしが食ってやる」

「ひどおい！　……でもいいよ。今後のアユの経験《けいけん》のためにも、見せてあげるよ」

「でも、レンガくんって、ちょっとあれだね」

「あれって？」

「もう一回、会ってみてもいいかな、って思わせるオトコだよ」

ふうむ。アユも多少はオトコを見る目ができたのだろうか。

わたしたちは、ここでレンガくんを待っている。

この前、わかれしな、レンガくんは、わたしを呼《よ》びとめた。

「橋田淳《はしだじゅん》に会いたいんだけど、ぼくにそういう機会《きかい》をつくってもらえないかな」

「じいさまに？　なぜ？」

「ききたいことがあるんだ。『夜ノ子ドモタチ』について」

「じゃ、きいてみます。じいさまの都合もあると思うけど、いつがいいですか？」

「早いほうがいいな。先生の都合《つごう》のいい日をきいて、電話くれるとありがたい」

そういってレンガくんは、わたしに名刺《めいし》をくれた。携帯《けいたい》の番号が書いてある。もちろんアユは「電話番号ゲットオ〜〜」とこっそりさわいだ。

家に帰って、じいさまに電話した。

「よろこべ、じいさま。ファンが会いたいって」

「ふん、図書館で読んだくらいでファン呼ばわりされても、うれしくないぞ」

「わかったわかった。で、いつがあいてる？」

……そういうことで、本日午後の、売れない作家訪問《ほうもん》ということになったのだ。

レンガくんは、時間どおりにあらわれた。ジーンズにＴ《ティー》シャツ。でもその柄《がら》ときたら、土偶《どぐう》なの。なんか笑《わら》える。わたしみたいな小学生に、ちゃんとおじぎをして、

「今日《きょう》はわざわざ機会《きかい》をつくってくれてありがとう」と礼をいった。

「どういたしまして」

「ん？　アユちゃん？　きみも？」

「ヒトミは先生のほうの秘書《ひしょ》で、あたしはヒトミの秘書でーす」

「秘書つきの小学生なんだ。すごいね」

「秘書でビジョで、雨がふったらびしょびしょです」

「ち、ちがいない」

「さ、行きましょ」わたしは先頭に立つ。

「あたしもはじめてなんですよ、ヒトミのママの実家」とアユがいっている。知るか。

でも、わたしたちは「特命《とくめい》」を持っている。レンガくんは「八塚市《やつか》」を知っていた。

つまり、あのときにわたしとレンガくんが紫電改《しでんかい》で迎撃《げいげき》したB《ビー》－29の爆撃隊《ばくげきたい》がむかった先が「八塚市」だとわかったとき、かれは、すぐに、そこが『夜ノ子ドモタチ』の舞台《ぶたい》となった場所だと知ったはずだ。そのことをどう思ったのか。

レンガくんは、わたしたちの知らない、ジグソーのピースを持っている。それをわたしたちももらいたい。ということで、アユもいっしょに来てくれることになったのだ。

じいさまの家、つまりママの実家は、たぬき公園のそばの住宅街《じゅうたくがい》。一階が喫茶店《きっさてん》になっていて、おばさんが経営《けいえい》している。三階がじいさまの書斎《しょさい》。外階段《そとかいだん》から直接《ちょくせつ》行けるようになっている。

「やあ、いらっしゃい」と、じいさまがじきじきに出てきた。

いつものグレーのセーター。おひげが白い。

レンガくん、気をつけの姿勢《しせい》であいさつ。そういえば、紫電改でゲームしたときも、軍隊口調《ぐんたいくちょう》が似合《にあ》ってた。緊張《きんちょう》している。

じいさまはわたしたちを書斎のソファにすわらせ、紅茶《こうちゃ》をいれてくれた。

「さて、何がききたいんだね」

だいたい、初対面《しょたいめん》の印象《いんしょう》ですべてを決めてしまうひとなので、やわらかな表情《ひょうじょう》をしているところを見ると、レンガくんは気に入られたらしい。

「学生時代に先生の『夜ノ子ドモタチ』を読みました。それで、ずっと疑問《ぎもん》があったのですが、今回、ヒトミちゃんとのご縁《えん》があって、ぜひおうかがいしたいと、無理《むり》を承知《しょうち》で」

「前おきはいいから」じいさまはせっかちなのだ。

「では」とレンガくんは、単刀直入《たんとうちょくにゅう》に切りだした。

「『夜ノ子ドモタチ』のもとになった『集団《しゅうだん》カウンセリング・レポート』を、先生はどうやって手に入れられたのですか」

するとじいさまはこともなげに答えた。

「そんなものはないよ」

「ええっ！」

レンガくんは意外だったらしく、口をぽかんとあけた。気をとりなおしていった。

「でも、たしか、『この物語は、某《ぼう》心理研の〈集団カウンセリング・レポート〉に基《もと》づいている』という、ただし書きがあったはずですが」

「フィクションさ。物語に、より真実味をあたえるための。だが、まったくのうそではない。事実はあったんだ。わたしは、できごとを忠実《ちゅうじつ》に再現《さいげん》した。基本的《きほんてき》にわたしはフィクション作家だが、あれだけは、唯一《ゆいいつ》のノンフィクションだ」

「創作《そうさく》ではなく、レポートでもなく……ですか？」

じいさまはうなずいた。

「ある年の夏、八塚《やつか》市で、とつぜん五人の子どもの不登校《ふとうこう》が発生した。市から依頼《いらい》を受けたカウンセラーが、五人と集団《しゅうだん》生活をしながらカウンセリングをおこなう。そして、子どもたちとともに、いくつかの問題に立ちむかう。ある問題は解決《かいけつ》し、ある問題は深い謎《なぞ》のまま残《のこ》された。……小説《しょうせつ》はそういうすじだが、まさにその通りのことが、事実としておきていたのだ」

「先生は、どうやって、そのできごとをお知りになったのですか。デビュー作からずっと、異世界《いせかい》が舞台《ぶたい》の幻想《げんそう》小説を書いてこられたし、リアリズムには興味《きょうみ》がないと、どこかで書いておられます。そのあなたがなぜ現実《げんじつ》の事件《じけん》を題材《だいざい》に書かれたのでしょうか」

「けっこう読みこんできたようだね」とじいさまは、やさしい目をむけた。

「読みとりの浅《あさ》い深いはあるかもしれませんが、ぼくは、ずっと先生のファンです。ほとんど読んでいます」

「なら、質問《しつもん》をいいかげんにあしらったら、ばちがあたるというものだね。それにヒトミに縁《えん》あるひとのたのみとあらば、ちゃんと答えてあげよう」

じいさまは、くちびるをむすび、ひとつうなずいてからいった。

「まずは、わたしがなぜ「集団カウンセリング」の本を書くことになったかという、いきさつなんだが……」


その昔、学生だったわたしは、とつぜん、日常《にちじょう》生活に支障《ししょう》があるほどの精神的《せいしんてき》な病《やまい》を発症《はっしょう》した。生活が苦しかったせいもあるが、おもにそのころ、入った大学で直面した、当時全国的《ぜんこくてき》にひろがっていた学生運動とのかかわりや、じぶんの将来《しょうらい》との葛藤《かっとう》に原因《げんいん》があったと思う。

その症状《しょうじょう》というのは、現実と妄想《もうそう》の壁《かべ》がうすくなり、真夜中、目の前に、自殺《じさつ》した学生運動の友人があらわれたり、見えるはずのない空想の動物……たとえば竜《りゅう》のようなものが見えるとか、はなはだしくは、デモのさいちゅうに、わたしたちを目のかたきにして規制《きせい》しようとする機動隊《きどうたい》が、猛獣《もうじゅう》の群《む》れに見えたりするというたぐいのものだった。幻覚《げんかく》は、現実《げんじつ》とほぼ同じ感覚《かんかく》で、あるときは道がいきなり氾濫《はんらん》する濁流《だくりゅう》になって、おぼれそうになったりするんだ。水がごぼごぼと音をたてて、わたしの鼻から入ってくる。ある時は、真夜中に不審尋問《ふしんじんもん》をする警官《けいかん》が、闇《やみ》の世界からやってきた鬼《おに》に見え、必死《ひっし》で逃《に》げたこともあった。

やがて症状《しょうじょう》は進行し、幻覚という段階《だんかい》をこえて、日常《にちじょう》生活が送れないほどになっていく。警察《けいさつ》につかまり、留置場《りゅうちじょう》に入れられることもたびたびとなった。

「じいさまが、警察に！」

「ちょっと、お子さんたちには、席《せき》をはずしてもらいましょうか？」とレンガくんはおそるおそるいった。

「いや。ヒトミにかくそうとは思わない」

「当然《とうぜん》でしょ。ただの親戚《しんせき》だと思わないでよ」とわたしもふんぜんとしていった。

アユはめずらしくからだをちぢめている。

「はあ」

じいさまはつづけた。


病気を、じぶんではどうすることもできず、どうしたらいいんだろうと日夜なやんでいた。じつはわたしは、これらの症状の理由は、じぶんの生活がまずしい……お金に苦しんでいるからだ、と考えていた。でも、まずしさからぬけだすことは、なかなかできない。

そんなある日、喫茶店《きっさてん》で本を読んでいたわたしを、またしても幻覚がおそった。

本から目をはなしたとき、わたしの目の前に、一ぴきのふしぎな動物がいて、そいつがじっとわたしを見つめていたんだ。

それはオコジョだった。真っ白な、イタチみたいな動物だ。

妙《みょう》なことに、いつもとはちがい、わたしはパニックにおちいらなかった。

それまで、わたしをなやましていた幻覚《げんかく》とはすこしちがっていたんだ。つまり、そこに悪意や、憎悪《ぞうお》のような空気はなかった。

オコジョは、やわらかい雰囲気《ふんいき》を持っていて、わたしに話しかけた。

「まいっているみたいですね」

やさしい声だった。若《わか》い女性《じょせい》の。

わたしはオコジョにいった。いや、オコジョだから、いえたのかもしれない。これが現実《げんじつ》として、ほんとうの女性に見えていたら、まず、そんなことばは出なかったと思う。

わたしはしぼりだすような声でいった。

「助けてください」

オコジョはいった。

「お金、ですか?」

もちろん、お金のこともあった。たしかに、お金さえあれば、いろいろ解決《かいけつ》することはあった。だが、そのときオコジョにいわれてはじめて、わたしは悟《さと》った。

「お金ではないです。……心を病《や》んでいるんです」

「そうですか……。もしも素直《すなお》になってくださるなら、わたしだって、すこしは、あなたのお役にたてると思いますが」

「素直にでも、なんでもなります。助けてください」

「そう?」

それからわたしは、オコジョ……じつは山葉《やまは》心理学研究所の女性カウンセラーだったのだが、そのひととのカウンセリングを受けることとなった。

並行《へいこう》して、山葉心理研の研究生にもなった。わたしは心理学にとても興味《きょうみ》があった。もちろんお金はかかったが、世の中というのはふしぎなもので、たまたまお金の入るアルバイトをいくつかはじめることができた。志《こころざし》があれば、何か世の中には通じるものがあるらしい。ふしぎなことだが、ほんとうだ。

とつぜん目の前にあらわれたオコジョは、とても魅力的《みりょくてき》な女性だった。

それだけでなく、わたしをだれよりも理解《りかい》してくれたひとでもあった。

わたしはじぶんの身におきたことが運命のような気がした。

「恋《こい》よね！」とアユがさけび、わたしはその口をおさえる。

定期的《ていきてき》な彼女《かのじょ》のカウンセリングは、いつか、わたしには待ち遠しい時間になる。

毎回、わたしが見た夢《ゆめ》、目の前におきた幻覚《げんかく》、それにまつわる、じぶんの感想を、彼女の質問《しつもん》に答えるかたちで語る。そのうち、幻覚にも理由があり、原因《げんいん》があり、すべてはわたしのかかえている心の問題から生じているということがわかってくる。

やがて彼女はわたしに、それらの幻覚について『物語として書く』ことをすすめ、いつかわたしは、起承転結《きしょうてんけつ》のある話が書けるようになっていった。

ある日書いたのは、わたしが水槽《すいそう》の中の金魚になった夢についてだった。その水槽には、仲間の金魚たちがいて、わたしはそれぞれの金魚のことを、外見だけでなく、性格《せいかく》もていねいに書いた。

一ぴきはランチュウで、とても自意識《じいしき》が高く、わたしを見下していた。

もう一ぴきは出目金《でめきん》で、これまた、ただの和金《わきん》であるわたしをとてもばかにしていた。

ある日、わたしはそのきゅうくつな水槽から外に出たいと思った。

ふつうなら、水槽から飛《と》びだそうと思うのだが、わたしには水槽を割《わ》る、という極端《きょくたん》な手段《しゅだん》しか思いつかなかった。あらゆる手立てをつくし、念願《ねんがん》かなって水槽をこなごなに割り、テーブルの上ではねているうちに死ぬ……そんな話を書いた。

じつは、とちゅうまではたしかに、わたしが見た夢だったのだが、文章として書く段《だん》階《かい》で、いつのまにか、ちがうものになっていた。

そう。わたしは、いつのまにか、聞き手であり、読み手であるオコジョをつよく意識《いしき》して、物語を書いていたのだった。

毎回ノートに書き、カウンセリングのたびに、彼女に提出《ていしゅつ》する。

そのたび、彼女はとてもおもしろがってくれた。そしてわたしたちはその物語の意味することについて、さまざまな方向から話しあった。

「では、来週の宿題は、この物語のつづきを、夢に見て、それを書いてきてね」

彼女はそういったが、そんなにうまく、夢のつづきが見られるわけがない。

にもかかわらず、翌週《よくしゅう》のカウンセリングで、わたしは、金魚がべつのもの……地上のけものに生まれかわり、新しい人生を送るという夢の話を書いていた。こんどは、いつも飢《う》えているキツネの話だった。キツネは、小動物をとらえ、まだあたたかい血のかよっているネズミなどにかじりついて、むさぼり食った。だが、食べるたびに自己嫌悪《じこけんお》におちいる……。

彼女《かのじょ》のカウンセリングをうけてからの足取りは軽かった。心のもやもやは、はれることはなかったけれど、とりあえず、前むきに生きていこうと思うのだった。

そんなふうにして一年ほどがすぎる。

ある日オコジョはいった。

「もう、あなたは幻覚《げんかく》や夢《ゆめ》を書かなくてもいいわ」

「はあ?」

「といっても、あなたはもう、幻覚や夢は見ていないでしょ。それくらいはわかります。カウンセリングは終了《しゅうりょう》です。あなたは、これからじぶんで、本格的《ほんかくてき》に他人《たにん》に読ませるための物語を書きなさい。わたしに読ませるための物語ではなく。……つまり、あなたは、ほんものの作家になるのです」

「そ、そんなむちゃな!」

彼女はにっこり笑《わら》い、すこしだけうつむいて、いった。

「おわかれです」

わたしには、よくわかっていた。それが、じぶんのこれから生きる道だということが。一刻《いっこく》も早く、家に帰り、あの物語を書きたいと思っていた。幻覚ではなく、夢ではなく、そう、じぶんだけしか書けない、異世界《いせかい》の物語を、そして、それを世に問うことをしたかった。

オコジョは、山葉《やまは》心理研のエリート研究生だった。カウンセリングを受けていなければ、一介《いっかい》の新人研究生であるわたしが話すことなどありえない、いわば雲の上の存在《そんざい》だった。すでにいくつかの大学で講義《こうぎ》を担当《たんとう》し、海外留学《りゅうがく》の経験《けいけん》も豊富《ほうふ》、まだ二十代で、博士号《はくしごう》もとっていた。山葉心理研だけでなく、この国の心理学の未来《みらい》をも嘱望《しょくぼう》されていた。だが、そんなオコジョについて、気になるうわさがあった。研究所の創始者《そうししゃ》であり所長でもある山葉教授《きょうじゅ》との不和《ふわ》だった。オコジョはたびたび山葉教授と衝突《しょうとつ》し、研究発表を、教授によって妨害《ぼうがい》されているという話だった。

レンガくんが口をはさんだ。

「どうしてですか？　研究所にしてみれば、その方のように優秀《ゆうしゅう》な若《わか》い学究《がっきゅう》は、大切にあつかうべき存在《そんざい》ですよね？」

「学界というのは、閉鎖《へいさ》社会だ。そこには、いくらすぐれていても、反抗《はんこう》する要素《ようそ》をもった個性《こせい》をつぶす土壌《どじょう》がある。これは心理学にはとどまらないがね。オコジョは、相手がどんなに権威《けんい》ある学者であろうと、いいものはいい、わるいものはわるいと、はっきりいう、まっすぐな性格《せいかく》だった。秩序《ちつじょ》を重んじる学界では、当然《とうぜん》ながらけむたがられた。

最初《さいしょ》は、山葉教授《やまはきょうじゅ》はもちろん彼女《かのじょ》の味方だった。だが、いつからか、研究所内部で、山葉教授の黙認《もくにん》のもとで、彼女に対するバッシングがはじまっていた。そしてやがて、ある事件《じけん》がおきる」

「と、いいますと？」

「彼女の実践《じっせん》レポートがもみ消されたのだ」

「もみ消し？」

「レポートの存在は、さだかではない。だが、彼女が、依頼《いらい》によって心理研から派遣《はけん》され、ある町でおこなったカウンセリングの報告《ほうこく》が、山葉教授によって、消されてしまったというのだ」

「ちょっと待ってください」とレンガくんはいった。いつのまにか、手にはメモとペンを持っている。

「整理させていただきたいのですが、山葉教授は、日本の心理学の重鎮《じゅうちん》ですよね。ドイツのユンカース心理研で資格《しかく》を取り、学識経験豊《がくしきけいけんゆた》かで、ほかの追従《ついじゅう》をゆるさない最先端《さいせんたん》の研究者だ。のちに教育大臣にまでのぼりつめた彼《かれ》が、そんな若手《わかて》の、じぶんの子飼《こが》いの研究生に、どうしてそんな仕打ちをするんですか。あまりにも理屈《りくつ》がとおらない」

「それがね。ことは、山葉教授の存在をおびやかす問題だったんだ」

オコジョの発想は、山葉教授たち、ユンカース心理学派《は》の枠《わく》をこえるものだった。

じつはユンカース心理学には、ある限界《げんかい》があった。

つまり、あくまで人の心の内面にそっていき、心の外側《そとがわ》にある社会の問題にはいっさいふれないという点だった。矛盾《むじゅん》にみちた社会の体制《たいせい》を問題にすることはないのだ。

現在《げんざい》の地球がかかえている問題と、人間の心は無関係《むかんけい》ではないはずなのに、ユンカース学派《がくは》の学者たちは、そのことに言及《げんきゅう》することはない。

政治的《せいじてき》なことに発言せず、かかわらないことで、体制側《たいせいがわ》には重宝《ちょうほう》され、山葉教授《やまはきょうじゅ》はのちに保守政権《ほしゅせいけん》の教育大臣にまでのぼりつめる。

「なるほど、いわれてみれば」とレンガくんはいった。「道徳《どうとく》の教科書までつくりましたもんね、山葉教授は」

「かれの道徳本には、民主主義《みんしゅしゅぎ》の根幹《こんかん》は一行もかかれていない。どころか、国のために生きろ、とさえいっている」

「いまも、その道徳テキストが使われています」とレンガくん。

そんな風潮《ふうちょう》に反して、オコジョは、政治批判《せいじひはん》や、国のありかたについて果敢《かかん》に発言した。心理学にとどまらず、世界の問題まで語るのだった。

人間はなぜ、自然《しぜん》を破壊《はかい》するのか。なぜ、国家や民族、宗教《しゅうきょう》を理由に対立や戦争《せんそう》が起きるのか。組織《そしき》に従順《じゅうじゅん》で忠実《ちゅうじつ》な人間が、ジェノサイド（集団殺戮《しゅうだんさつりく》）に手をそめても、良心《りょうしん》の呵責《かしゃく》がないのはなぜか。そう、世界の問題は、心の問題と深くかかわっている。

しかし、それらは、ユンカース心理学の学者には関係《かんけい》のないことだった。雇用《こよう》するものが従順でさえあればいい、企業《きぎょう》の経営者《けいえいしゃ》にとって、オコジョの発言は、けむたい考えかただった。

もっとも、心理学だけでなく、体制の現状《げんじょう》を批判することはリスクが大きく、政権に目をつけられると、大学にはお金がおりない。だから御用学者《ごようがくしゃ》ほど、ぬくぬくと太っている。そんな中で、オコジョの、心理学からの社会批判は衝撃的《しょうげきてき》だった。オコジョは、日本の心理学の頂点《ちょうてん》に立つ山葉教授の、のどもとにつきつけられた、するどい剣《つるぎ》だった。彼女《かのじょ》の著作《ちょさく》は、反体制の学生たちにも支持《しじ》された。そのことで、オコジョを研究所から追いだそうとする連中もいた。

ほんとうは彼女は、体制への批判をめざしていたわけではない。心理学という枠《わく》の中にとどまるのではなく、国家もふくめた、総合的《そうごうてき》な、広い視野《しや》から心理学を見つめようとしていただけなのだ。

「でも、結局《けっきょく》、オコジョは、山葉研究所を追いだされたわけですか」

「山葉教授《やまはきょうじゅ》は、じぶんが、保守党《ほしゅとう》の政治体制《せいじたいせい》の枠内《わくない》にあることを知っていたし、分際《ぶんざい》をこえることはけっしてなかった。研究生にも枠の中にとどまることを要求《ようきゅう》した。けれど、その枠をオコジョは、なんなく乗りこえようとする。オコジョを、心理研から放逐《ほうちく》したかったのは、山葉教授にまちがいない」

「うーん。そのような問題は、たしかに日本の学界のあちこちに存在《そんざい》していますね」

レンガくんは、なんともいえない顔で紅茶《こうちゃ》をひとくち飲んだ。そしていった。

「自由に生きようとしたオコジョは、いろんな壁《かべ》にぶつかったんだ……」


オコジョのカウンセリングが終わってからしばらくして、わたしはある文学賞《ぶんがくしょう》を受賞し、作家デビューした。

シリーズものが軌道《きどう》にのったころ、オコジョから連絡《れんらく》があった。

「お祝《いわ》いをするから、会いましょうよ」

会って、彼女《かのじょ》が山葉心理研をやめるということを、はじめて知った。

「世界一の心理学者になるのが、あなたの夢《ゆめ》だったのではないのですか?」

「そんなこと、いちどだっていってないわ。わたしは何ものでもない。心理学者としてのじぶんの未来《みらい》に未練《みれん》はないの。これからは、ちがうものになってみたい。ただ……」

「ただ?」

「あそこ……山葉心理研で、やりのこした、というか、できなかったことがひとつあって、それだけが心残りなの」

「それはなんですか」

「わたしが、八塚《やつか》市で、集団《しゅうだん》カウンセリングを実践《じっせん》したこと、知ってる?」

「聞いたことはあります。でも、レポートは読んでません」

「読めるはずがない。レポートは、もみ消されたの。山葉教授に」

そのとき、わたしは、うわさがほんとうだったことを知った。

「山葉教授は、そんなにあなたのことを、おそれていたんですね」

すると、オコジョは首をふった。

「ちがうの。山葉教授が、わたしのことを追いだそうとしたのは事実よ。でも、それと、『八塚レポート』のもみ消しは、関係《かんけい》がないんです」

「では、なぜ、教授《きょうじゅ》はもみ消しを?」

オコジョはいった。

「わたしのレポートが、タブーに、ふれたからなの」

4 オコジョの長い旅

オコジョは、八塚《やつか》市での『集団《しゅうだん》カウンセリング』のことを、かいつまんで話した。
現地《げんち》にはじめて行き、子どもたちを集めたとき。
かれらは全員、おびえていた。
同じ場所に集め、話をきくと、みんな共通《きょうつう》の『タブーやぶり』をしていることがわかった。そして、その結果《けっか》としての幻覚《げんかく》を見ていた。なんと、それは、他人《たにん》が石のように表情《ひょうじょう》をなくしてしまう、という幻覚。

めずらしい事例《じれい》よね。わたしは、そこまでの幻覚を見るにいたる、どんな「タブーやぶり」があったのか、気になった。そこで、町の歴史《れきし》を調べてみた。

調べれば調べるほど、おかしな町だった。

とくに、町の奥《おく》に鎮座《ちんざ》する「大王《だいおう》神社」と、「眉山《まゆ》」と呼《よ》ばれる巨大《きょだい》な古墳《こふん》らしき山の存在《そんざい》が気になった。古墳は、いわゆる古墳時代からすこしのちのものであったにもかかわらず、歴史書には、なんの痕跡《こんせき》も残《のこ》していなかった。

どうやら中央権力《ちゅうおうけんりょく》ともかなり深くむすびついていたのに、表むきは歴史の舞台《ぶたい》にいっさい登場しない、という、ふしぎな町。

大王神社にまつられている「月読命《ツキヨミノミコト》」は、アマテラスオオミカミ、スサノオノミコトとならぶ、古事記《こじき》の三大神の一人でありながら、まつっている神社はすくない。古事記にも、冒頭《ぼうとう》以外《いがい》の場面ではいっさい登場しないのだ。

そして、わたしはついに、この町に固有《こゆう》の、特殊《とくしゅ》なキーワードの存在《そんざい》を発見する。

そのことばをとなえたとたん、子どもたちは、顔をこわばらせて、こおりついた。

「集団催眠《しゅうだんさいみん》の入眠《にゅうみん》サインだ」とわたしは思った。

それを示《しめ》すか、唱《とな》えることによって、催眠状態《じょうたい》に入ってしまうサイン。

こころみに、真っ昼間の八塚《やつか》市で、そのことばを発してみたところ、住人の顔が恐怖《きょうふ》にゆがむという、おどろくべき効果《こうか》を発揮《はっき》した。

そのサインが、真夜中の八塚市で、最大《さいだい》の効果を発揮していることを知ったわたしは、子どもたちとともに、夜の町へ、冒険《ぼうけん》の旅に出る。

それこそが、まだ、だれもやったことのない、「集団《しゅうだん》カウンセリング」と呼《よ》ばれるものだった。

そして、子どもたちとともに、この町の「夜の貌《かお》」に出会う。

八塚市の夜には、恐怖だけではなく、夜の美しさや、豊《ゆた》かさがあった。わたしは子どもたちとともに、すばらしい体験《たいけん》をすることができた。

それをそのまま、レポートにしようとした。

かりに「八塚レポート」と名づけたが、概要《がいよう》をいったとたん、山葉教授《やまはきょうじゅ》はいった。

「レポートは書かなくてよい。きみは、研究所から派遣《はけん》され、五人の子どもの不登校《ふとうこう》を、カウンセリングによって解決《かいけつ》した。それだけで、研究所としては面目《めんもく》も立ったし、じゅうぶんな見返りももらった。この話は、ここまでだ」

「先生。山葉心理研は、研究団体《だんたい》ではありませんか。わたしが実践《じっせん》し、体験したことを学会で発表し、研究者と共有《きょうゆう》しなければなりません。批判《ひはん》があれば受けてたつ。それが学問ではないのですか」

「あいにくだが、ときに、学問は、政府《せいふ》や国家の方向とは対立することがある。学問を前にすすめることはもちろん大切だが、わたしたちの研究所は、公的《こうてき》な資金《しきん》を政府から得《え》ているのだ。内容《ないよう》のさじかげんは当然《とうぜん》ながら必要《ひつよう》だ」

わたしはあきれた。

「公的な資金、政府からの援助《えんじょ》？　なら、なおさら研究はおおやけのものではありませんか。だって、それらは国民《こくみん》の税金《ぜいきん》ですよ？　当然ながら、国民に還元《かんげん》されるべきものです。レポートを書いて、公表すべきです」

すると、山葉教授は、たえかねたようにどなった。

「それ以上《いじょう》いうな。きみは、タブーにふれたのだ。だから、公表してはいけない。八塚市にはふれてはいけないのだ」

日ごろ温厚《おんこう》で通っている山葉教授《やまはきょうじゅ》の、べつの一面を見たような気がした。

ひきさがる前に、わたしはたずねた。

「ひとつだけ、教えてください。わたしは、八塚《やつか》市の、『どのタブー』にふれたのでしょうか？」

……そう、そのようにたずねなければならないほど、たくさんの「タブー」が、八塚市には存在《そんざい》したのだ。山葉教授はいった。

「古い伝説《でんせつ》やおきてなどを、いまの時代にタブーとはいわない。現代《げんだい》においてわれわれが『タブー』と呼《よ》ぶのは、国家的《こっかてき》な陰謀《いんぼう》のことだ。つまり、『戦争《せんそう》』にまつわることだ」

「すると……」

「もう、それ以上《いじょう》、この話をしないでくれ」

オコジョは、作家となったわたしに、『八塚市での集団《しゅうだん》カウンセリング』の一部始終を小説《しょうせつ》として発表してほしい、といった。それこそが、わたしを呼《よ》びだした理由だったのだ。わたしは了承《りょうしょう》した。そして、オコジョから数回にわたり、長時間のインタビューをおこない、また、自身で八塚市へも出かけて取材《しゅざい》した。

出版先《しゅっぱんさき》を決めるのも、ひと苦労《くろう》だった。

一年後。

オコジョの、八塚市における集団カウンセリングの記録《きろく》は、小説『夜ノ子ドモタチ』として出版された。

本は重版《じゅうはん》となった。なのに書評《しょひょう》はほとんど見られなかった。当時はパソコンもさほど普及《ふきゅう》しておらず、わたしの印象《いんしょう》としては、「黙殺《もくさつ》された」というところだった。だが、とりあえず本は売れたのだ。

さすがに、八塚市当局は、実名を出されて、おだやかではなかったようだ。告訴《こくそ》も考えていると、風のうわさできいたが、それは望《のぞ》むところで、話題になればいいと思った。だがあいにく、市は、告発してことをあらだてるよりは、このまま黙殺するほうが得策《とくさく》だとふんだのだろう。賢明《けんめい》な判断《はんだん》だ。

小説は、多少売れても、話題にはならなかった。いくつかの大学の心理学専攻科《せんこうか》で、テキストとして採用《さいよう》されたという話はきいたことがある。オコジョが山葉《やまは》心理研をやめたのは、本が出版《しゅっぱん》された、その年のことだった。

以上《いじょう》、だ。


じいさまが語りおえると、わたしたちはだまったまま、冷《ひ》えた紅茶《こうちゃ》をすすった。

「みなさんに、新しい、熱《あつ》い紅茶を」と、じいさまはいった。

わたしは立ちあがり、新しい紅茶を用意しながらいった。

「その……オコジョは、それから、どうなったの？」

じいさまの答えは意外だった。

「しばらくの間、女優《じょゆう》として、銀幕《ぎんまく》や舞台《ぶたい》で活躍《かつやく》した」

「女優になったの！　すごい」

「劇団《げきだん》にも所属《しょぞく》していたよ。そうそう、歌手としても活動していたんだ。いちど、ライブハウスで彼女《かのじょ》がうたうのをきいたことがある。アコースティックギターでしみじみときかせる、彼女の歌は、すばらしかった」

じいさまは立ちあがり、書斎《しょさい》のすみにある音響装置《おんきょうそうち》のスイッチを押《お》し、ずいぶん昔の録音《ろくおん》のような、けれど臨場感《りんじょうかん》のある音楽をかけた。
ギターの伴奏《ばんそう》でうたう、女のひとの透明《とうめい》な声が部屋に流れてきた。

長い長い旅がつづく
秋の冷《つめ》たい雨にぬれ
冬の夜空にこの身も凍《こお》る
夏のかわいた大地には
砂《すな》まじりの風

こころはいつも飢《う》えていた
でもいつだって　ひもじさをみたしてくれたのは
あなたのひとみの奥《おく》の果実《かじつ》

若《わか》さのあやまちなんかじゃない
湧《わ》き出る泉《いずみ》のほとりで
ふたりで誓《ちか》ったあの日
いまでもあなたとなら
たたかう用意がある

「歌のタイトルは、『ワンス・アポン・ア・ファンタジー』という。彼女《かのじょ》にとっては、あの心理研での日々《ひび》が、その後の華《はな》やかな女優《じょゆう》としての日々より、ファンタジーに近かったのかもしれない。とくに、八塚《やつか》市での集団《しゅうだん》カウンセリングは、彼女の心理学研究の集大成《しゅうたいせい》といえる、わすれられないできごとだっただろう」

「それから……オコジョは」

「いつからか消息不明《ふめい》だ。そうそう、現役《げんえき》時代の彼女が、ある本をもとにした映画《えいが》を、自力で製作《せいさく》しようとしていた、ときいたことがある。……わたしがもうすこし売れてる作家だったら、協力《きょうりょく》できたかもしれないが」

それきり、じいさまはだまった。

「では、八塚市でおきたことは、事実だったのですね」とレンガくんはいった。じいさまは、重々《おもおも》しくうなずいた。するとレンガくんはいった。

「もうひとつ質問《しつもん》させてください。あの本は、何度か版《はん》をかえていますが、最後《さいご》の版は、一人称《いちにんしょう》だったものが、三人称《さんにんしょう》になり、よりレポートらしくなっています。そして、初版《しょはん》に描《えが》かれていたことが、ざっくりと削除《さくじょ》されてしまっています。……ですよね？」

「いろいろ改訂《かいてい》したからね。どのことをいっているのかな」

「削除されたのは、まず最初《さいしょ》の版の、『スーパーランドでのできごと』。そして、『八塚市につくられたひみつの基地《きち》』このふたつです。山葉《やまは》教授《きょうじゅ》があのレポートをもみ消そうとした理由は、この、どちらかでしょう。ちがいますか？」

「『スーパーランドでのできごと』って？」

レンガくんは立ちあがり、じいさまの書斎《しょさい》の本だなをじっと見つめた。それから手をのばし、『夜ノ子ドモタチ』の初版本を……つまり、夜の道を子どもたちが歩いている表紙の本をとりだした。

「この本の最後《さいご》の章。不登校《ふとうこう》の問題が解決《かいけつ》して、研究生と子どもたちは、当時、完成《かんせい》したばかりのスーパーランドという遊園地へ行き、楽しい時間をすごします。そのとき、あることがおきる。とつぜん、遊園地の観覧車《かんらんしゃ》が逆《ぎゃく》に回転をはじめるんだ。メリーゴーラウンドが、ふしぎな音をたてて、反対側《はんたいがわ》にまわりはじめる。そして、スーパーランド全体に、大音量《だいおんりょう》で、あることばがアナウンスされる。まさにそれは、子どもたちにとって、八塚《やつか》市のひとびとにとって、タブーであったことばであり、オコジョがいうところの、集団催眠状態《しゅうだんさいみんじょうたい》への入眠《にゅうみん》サインだった。

　オコジョは、子どもたちをはげましていった。

『心配ないわ。これは、〈かれ〉の、断末魔《だんまつま》のさけびなの。わたしたちは〈かれ〉を封《ふう》印《いん》した。だから、だいじょうぶ。だいじょうぶ……』

　でも、オコジョは、じぶんの目でそのとき、見たのだった。スーパーランドで遊んでいる、すべてのひとびとが、みんな、石のような顔になっているのを……。おそろしい、ぞっとするようなエピローグだった」

「なんておそろしい……」とアユ。わたしはいった。

「でも、ありがちなストーリーじゃないの?」

「それはどうかな。でも、最後の版《はん》ではそっくりその部分が削除《さくじょ》されてしまったんだ。かわりに、『八塚市につくられた基地《きち》』が、核《かく》に関連《かんれん》した施設《しせつ》として完成《かんせい》したというニュースが流れている、というふうにかえられていた」

「……そっちもこわいんですけど」

「たしかにね。八塚市には、核兵器《かくへいき》をつくるための、すべての条件《じょうけん》をととのえた施設ができたということ、要《よう》するに原爆製造《げんばくせいぞう》のためのプルトニウムの貯蔵《ちょぞう》と、核兵器の製造施設が秘密裏《ひみつり》に地下工場としてつくられていた、というのが、三度目の版のエピローグになっていた」

「よくわからないわ。いったいそれは、どういう意味なの?」

「いいかい。だれもが石のような顔になる、というのは、はっきりいってファンタジーだ。だが原爆製造は、リアルな問題だ。作者は、ファンタジーを排除《はいじょ》して、リアルな危機《きき》をそこに見た、ということになる」

「それでいいんじゃないの?」とわたしはいった。

「もちろん、ぼくもそう思っていた。昨日《きのう》の夕方までは、ね」

「何か、決定的《けっていてき》なことでもあったのかね?」とじいさまはふしぎそうにたずねた。

「その前に、なぜそんなふうに結末《けつまつ》をかえられたのですか、とおききしたい」

「かんたんなことさ」とじいさま。「最初《さいしょ》の結末は、小説《しょうせつ》としての説得力《せっとくりょく》に欠《か》けた。黙《もく》殺《さつ》されたのも、それが原因《げんいん》だろう。もっとも、二度目の結末も、黙殺されたわけだが。あっはっは」

そのとき、わたしとアユは、同時にいった。

「八塚《やつか》市のタブーの、キーワードって」「もしかして、八塚市のタブーって」

「ん?」とじいさまは首をかしげた。

妙《みょう》なことに、レンガくんは、わたしたちにむかって、首をふった。

(まだ、それをいっちゃ、いけないよ)というふうに。

「橋田淳《はしだじゅん》の小説は息が長い。『夜ノ子ドモタチ』の最後《さいご》の版《はん》が出たのは、初版《しょはん》が出てから二十数年後だった。そして、それからふたたび、二十数年の日々《ひび》がたちました」

「それが何か？　四度目の改訂《かいてい》をしろ、とでも？」とじいさまはいった。

「小説のことにもどります。さきほどの、集団催眠状態《しゅうだんさいみんじょうたい》の、入眠《にゅうみん》を呼《よ》ぶキーワードの前に、じつはもうひとつ、その予備段階《よびだんかい》とでもいうべきキーワードがありました。それは、八塚市の「八」つまり、数字の「8」です。八塚市には、さまざまなところにこの「8」という文字がはんらんしていて、日常的《にちじょうてき》にその数字から逃《のが》れることができないようになっています。小説の中でおもしろかったのは、その「8」づくしでしたが、これを入眠の予備サインだと考えると、なるほどと納得《なっとく》がいきます」

「そんな意味が数字にこめられていたのかな？」

「深読みかもしれませんが、ぼくにはそう思えました。読者はときどき、妙《みょう》なことを考えるのです。初版が発表された日から数えて、何日目に、最後の版が出版されたか、なんてばかなことをほんとうに数えてみたんですからね」

「二十数年……って、何日だったんですか？」とわたしは、いささかあきれながらたずねた。

「正直いって、びっくりしました。8888日目、だったんですよね、これが」

「それは……偶然《ぐうぜん》にすぎないでしょ」とわたしはいった。

「じつはあの本を書くときに、わたしもいろいろ気になった。とくに8という数字には。オコジョが八塚《やつか》市に行っているとき、まさに彼女《かのじょ》がこの世に生をうけて、8888日目をむかえた、とか。だが、それは偶然《ぐうぜん》でもいいのだが、たぶん、「8」はきみのいうとおり、ある種《しゅ》の集団催眠《しゅうだんさいみん》へのキーワードかもしれないな。それにそもそも、集団《しゅうだん》カウンセリングの、まさにクライマックスをむかえたときが、小説《しょうせつ》にも書いたように、8月8日の夜の8時だった」

「その時刻《じこく》、八塚市には夜の大王《だいおう》が降臨《こうりん》し、オコジョと子どもたちは、戦争《せんそう》の神をそこで封印《ふういん》した。でしたよね？」

「そう。八塚市には、8にかかわる日と時間には、夜の大王が、いつか復活《ふっかつ》するかもしれない、といういいつたえがあった」

「ちょっといいですか」とわたしはいった。「もしかして、戦争がおわった年の8月8日に、八塚市がB《ビー》-29の空襲《くうしゅう》を受けた、なんてことはなかったですか？」

そう。わたしは、すっかりわすれていた。レンガくんが、わたしを、ともに紫電改《しでんかい》で飛《と》んだサザンクロス・エンジェルだとは知らないことに。

あんのじょう、レンガくんはぎょっとしたように、わたしを見た。

「な、なんだって……！」

「あたしたち、学校で調べていることがあるんです」とアユが急にわりこんできていった。「あのですね、空襲の記録《きろく》を調べていたら、ちょっとおかしなことがありありで」

「どんな？」

「その、B－29がやってきたのに、爆弾《ばくだん》をおとされなかった町があったとかなんとか」

「ええっ。そんな情報《じょうほう》を、きみたちはどこからしいれたんだい？」

「なんにでも首をつっこむのが、この年ごろ、ってやつかな」と、じいさまはひさびさにやさしい笑顔《えがお》になった。アユありがとう、ピンチをすくってくれてと目で合図する。

「そうだ。この子たちも、ゆうべ、ぼくと同じ体験《たいけん》をしたんです。シブヤで」

「ん？　どんな体験を？」

「橋田《はしだ》さん。とんでもないことがありました。ゆうべ、まさにその、八塚市のタブーであるキーワードが、こともあろうに、シブヤのスクランブル交差点《こうさてん》で、巨大《きょだい》スクリーンにうつしだされた『8』の字とともに、音声となり、たくさんのひとがそのキーワードをきいたのです」

「はあ？　いっている意味がわからないが」

「じいさま、わたしも見たの。アユも。ね？」

「はい」とアユはいった。「スクリーンに、とつぜん……あ、その前に、停電《ていでん》になって、いっときシブヤのスクランブル交差点《こうさてん》は真っ暗になったんですけど、その真っ暗なところに、画面が光って、８の字が浮《う》かび、それから、コンピュータの合成音《ごうせいおん》みたいな声が、いったんです」

「なんと？」

わたしと、アユと、レンガくんは、声をそろえた。

「「「イクサガミが、復活《ふっかつ》する……」」」

じいさまは目をむいてレンガくんを見た。

「わたしを、からかっているのか？」

レンガくんはいった。

「この子たちのいうとおりなんです。昨夜《さくや》、シブヤのスクランブル交差点のビル壁面《へきめん》に設置《せっち》された巨大《きょだい》スクリーンに、ある文字が浮かびました。あなたが書いた小説《しょうせつ》、『夜ノ子ドモタチ』に出てくる、例《れい》のサイン……それを示《しめ》せばだれもがある種《しゅ》の催眠状態《さいみんじょうたい》になるという、キーワードです。つまり、8の字。それから、音声による『イクサガミ』という、不可解《ふかかい》なことば」

「まさか……」

「それだけではありません。じつは、8のキーワードとともに、大画面には架空《かくう》のニュースが流れたのです。それは、北華人民共和国《ほっかじんみんきょうわこく》という国と、わが国が戦争《せんそう》をはじめた、というニュースでした」

「ばかばかしい。北華人民共和国などという国はどこにもないじゃないか！　そんなニュースが流れたなら、それは、未来《みらい》を舞台《ぶたい》にした映画《えいが》をつくっているか、フェイク・ドキュメントというやつだ、しんけんに論《ろん》じるべきことではない」

レンガくんはいった。

「そうでしょうか。……もしかしたら、夜の大王《だいおう》が復活して、ふたたびこの国の闇《やみ》の中を跳梁跋扈《ちょうりょうばっこ》しているのではないか。そうは思われませんか？」

「まさか……。そんな、まさか」

じいさまは顔をあげていった。

「イクサガミの封印《ふういん》が、解《と》けたら……。そんなことになったら、戦争《せんそう》が」

「戦争が？」

だがその先を、橋田淳《はしだじゅん》は、いおうとはしなかった。

5 戦《せん》争《そう》をとめるには

「八塚《やつか》市に行ってみるか」と、のぞみはあっさりいった。あまりにもあっさりと。

「あのですね」とわたしはいった。「学校がはじまってます。新学期です。そんなときに、どうやって、八塚市に行けるんですか？　なんか、うまい手があるんですか？」

「まあ、ヒトミの手がうまいわけはないよね」

「ちょっと、やめてくれない？　まったく意味のつうじないギャグって、まわりがこおるんだよ、アユ」

「こおらせてやる〜〜」

「……そうだなあ。これが夏休みのさいちゅうなら、自由研究『八塚市のなぞにせまる』をみんなでつくる、なんてことを名目にして、それこそ合宿に行ってもいいんだけどな。夏休みも終わったし」とのぞみ。

放課後《ほうかご》。わたしたちは、空母せたたま小学校の艦長室《かんちょうしつ》にいる。

正確《せいかく》にいえば、客船せたたま小学校の中にひそむ、空母せたたま小学校の艦橋《かんきょう》にあるお部屋。冬元《ふゆもと》のぞみは、この空母の主であり、巨大《きょだい》コンピュータの化身である。

しばらく帰らないといっていたのぞみが、新学期そうそうに帰ってきた。

フジムラと、マモル、それにのぞみとたくみに、じいさまの話を報告《ほうこく》したところだ。

「ジグソーのピースは、あちこちではまっていくんだけど」とフジムラ。「まったくどんな絵になるのか、さっぱりわからないよ。まさかそこで八塚市が出てくるとはね」

「ただ、きみたちがシブヤで見た、臨時《りんじ》ニュースだが、あながち荒唐無稽《こうとうむけい》というわけではないと思う」とのぞみ。

「コウトウムケイ？　光る頭のおじいさんが無形文化財《むけいぶんかざい》になったのかな？」

「おまえはいつも元気でいいねえ」とわたしはアユの頭をなでた。

「これを見てごらん」とのぞみは立体スクリーンをわたしたちの目の前に出してきた。目の前にアナウンサーが浮《う》かびあがる。ニュース番組だ。録画《ろくが》か。

「……つぎのニュースです。

混迷《こんめい》に混迷をかさねる中国大陸《ちゅうごくたいりく》北部の現状《げんじょう》ですが、このたび朝鮮《ちょうせん》半島の一部、中国の東北地方、モンゴルとシベリアの一部の住民《じゅうみん》が連合政府《れんごうせいふ》を樹立《じゅりつ》し、新しい国の建国《けんこく》を宣《せん》言《げん》しました」

「新しい国ができた？　また、新しい国名をおぼえなきゃならないのかよ」

マモル、そういう問題じゃないってば。

「中国大陸では、国内の政治的混乱《せいじてきこんらん》がますます深まり、その間隙《かんげき》をぬうようにして、なりをひそめていた周辺諸地域《しゅうへんしょちいき》の独立《どくりつ》運動がはげしくなっていました。

そして本日、中国東北地方で、国境《こっきょう》の枠《わく》をこえた広い地域《ちいき》に、新しい国家が誕生《たんじょう》しました。満州《まんしゅう》族、モンゴル系《けい》とシベリア系住民、朝鮮民族を中心にした『渤海人民解放戦線《ぼっかいじんみんかいほうせん》』が、いよいよ新国家を独立させたのです。その新国家の名前は」

「「北華人民共和国《ほっかじんみんきょうわこく》」」わたしたちは、アナウンサーといっしょにつぶやいた。

「おや、みんなよく知っているね」とのぞみがおどろいている。「なんだよ、それ」とマモル。スクランブル交差点《こうさてん》のことなど、すっかりわすれてしまっているらしい。あの夜のことをもういちど、のぞみに話す。

「新しくできたという北華人民共和国と、この平和ニッポンが戦争《せんそう》する、なんていう可《か》能性《のうせい》って、そもそもあるの？」とわたしはたずねた。

「まったく、ないわけではないです」と、たくみが口をはさんだ。

本日はじめての発言だ。

「いたのかい、たくみ」生意気な口をきいてしまった。するとたくみはいった。

「あのね、ヒトミ。ぼくは、毎日ものすごいスピードで成長《せいちょう》してるんだからね。情報量《じょうほうりょう》でいったら、いままではのぞみよりも多いくらいだよ。『男子三日会わざれば刮目《かつもく》して待つべし』って知ってる?」

「知らない。アユは、男子なんてどうしようもないサルみたいなもんだといってるよ」

「それはちょっとひどいわね」とのぞみ。「世の中には、サルじゃない男子もたくさんいるわよ。このことわざはね、男子たるもの、日夜進歩してるから、三日ほど会わなかったら、しっかり目を見開いて待ってなさいという意味なの」

「まばたきしないで? 三日間も?」

「うーん。涙《なみだ》が出ちゃうよう……って、できるかいっ!」

のぞみが笑《わら》った。

「まあ、アユとヒトミのコンビに勝てる男子は、そういないと思うよ、たくみ。あとね、知ってることが多ければいいってもんじゃないの。問題はその情報《じょうほう》をどう生かすか、ってことでしょ」

たくみはわりとまじめにのぞみにたずねた。

「情報量《じょうほうりょう》じゃないんだったら、ヒトミに勝つにはどうしたらいいんです?」

「もう、つまんないことばかりいって」とわたしはちょっと怒《おこ》った。「あのね、人間とコンピュータに勝ち負けなんかないの。ある面では人間が勝ち、ある面ではロボットが勝つ。そんなのあたりまえのことじゃないの。ばかね」

「ばか?」たくみの目がつりあがる。そういうプログラムも入ってるんだ。

「だからさ。クマとミツバチでくらべればわかるでしょ。クマは空も飛《と》べないし、何キロも先の花を見つけることもできない。でもはちみつを採《と》って食べることはできる。できることもあればできないこともある。比較《ひかく》なんか意味がないよ」

たくみはうなずき、気をとりなおして、つづけた。

「……さっきの話にもどりますが、こんど独立《どくりつ》した北華人民共和国《ほっかじんみんきょうわこく》の住人には、日本人もいるんです」

「日本人が、あんなあぶないところに住んでるの?」

「たしかに紛争地域《ふんそうちいき》ではあるんですが、出入国の管理《かんり》がゆるくなっていて、ボランティアとか、冒険志向《ぼうけんしこう》の若者《わかもの》とか、ひとやまあてたい連中とかが、周辺《しゅうへん》からの流入者とともに輝春市《きしゅん》などに住んでいます。日本人街《がい》とまではいかないんですが、まあそれに近い地《ち》域《いき》ができつつあるんです。で、問題は建国勢力《せいりょく》、つまり『渤海人民解放戦線《ぼっかいじんみんかいほうせんせん》』が、反日と親日グループにわかれていることです。反日には、ロシアとか中国《ちゅうごく》とか朝鮮系《ちょうせんけい》、親日には、モンゴルや一部シベリア、ウイグル族などがふくまれます。満州族《まんしゅうぞく》は態度不鮮明《たいどふせんめい》」

「なんで反日なの？」

「以前《いぜん》は、国家による反日教育が徹底《てってい》していて、この地域《ちいき》はみんな鬼《おに》のように日本を憎《にく》んでいましたが、ネットで情報《じょうほう》が共有《きょうゆう》できるようになると、それが国をまとめあげ、政《せい》府批判《ふひはん》をかわすための政策《せいさく》のひとつだったこともわかってきます。それでも、自然感情《しぜんかんじょう》として、過去《かこ》の日本だけでなく、いま平和と繁栄《はんえい》を享受《きょうじゅ》しているように見える日本への反感は、根強いものがあります。そもそも憎しみは、ひとびとの一体感をもりあげますからね。隣人《りんじん》を愛《あい》することはいちばんむずかしい。となりの芝生《しばふ》が青いだけでも嫉妬《しっと》にかられるということわざが、日本にもあるように」

「でも、いくら反日だからって、戦争《せんそう》にむすびつくかしら？」

「どちらの側《がわ》にも、憎しみがあるんですよ。それがぶつかれば、戦争はおきます」

「でも、そんな、いまできたばかりの国と戦争するなんて、とんでもない話でしょ？」

「まして平和憲法《けんぽう》の日本が、ねえ」とアユもいい、みんなうなずく。

するとたくみはいった。

「そう思っているのは、平和ぼけの日本人だけです。この島国日本には、戦争をしたいグループもれっきとして存在《そんざい》しているんですよ」

「だれよ、それは」

「戦争で得《とく》をするひとたち、つまり軍需産業《ぐんじゅさんぎょう》。それだけじゃない。戦争になると、あらゆるものが必要《ひつよう》になるのです。兵器《へいき》だけじゃなく、衣食住《いしょくじゅう》すべてに関連《かんれん》した産業《さんぎょう》が、戦争になるといっきに需要《じゅよう》が出てくるんです」

「だって、人が死ぬのよ。そんなの、得になるわけがないでしょ」

「みなさんは、マンシュウって、知ってますか」

「知ってるよ」とアユ。「中にあんこがはいってるやつ」

「それは、おまんじゅう。あのね。戦前《せんぜん》、満州国《まんしゅうこく》という国があったんです」

「おまんじゅうの国が？」

「どこに？」

「いまの中国《ちゅうごく》、東北地区に。……第二次世界大戦《たいせん》の前、一九三二年のことです。当時、日本陸軍《りくぐん》の大陸《たいりく》出先機関《きかん》、『関東軍《かんとうぐん》』が暴走《ぼうそう》して、かってにひとつの国をつくりました。それが、満州国《まんしゅうこく》です」

「日本が、国をつくったの?」

「そうです。中国《ちゅうごく》大陸の、鉄道による権益《けんえき》をよりたしかなものにしようと、なんと、いきなりひとつの国をつくってしまったのです。当時の国際連盟《こくさいれんめい》から、リットン調査団《ちょうさだん》もやってきて、こんな国は認《みと》められない、といいました。すると、日本は『うるさい』とばかりに、その国際連盟からも脱退《だったい》してしまった」

「なんて乱暴《らんぼう》な」

「反対するひとはいませんでした。それどころか、たくさんのひとが政府《せいふ》の宣伝《せんでん》にあおられて、満州国へと移住《いじゅう》していきました」

「そんなむちゃくちゃして、なんかやばいことになったんでしょう」

「まあ、勝手にひとの土地を侵略《しんりゃく》して、新しい国も何もあったものではないのですが、かれらには、理想や夢《ゆめ》があったといいます。アジアにおけるアメリカ合衆国《がっしゅうこく》のような国をめざしていたとかね。でも、滅亡《めつぼう》した清国《しんこく》の皇帝《こうてい》の末裔《まつえい》をつれてきたり、いったいほんとに何をしたかったのでしょう。五族協和《ごぞくきょうわ》というスローガンをかかえ、ユダヤ人地区もつくろうとしたらしいですが、実現《じつげん》していません。当時の中華民国《ちゅうかみんこく》も、のちの中華人民共和国《みんきょうわこく》も、この国が存在《そんざい》したことすら認めていません。日本がかってに占領《せんりょう》した地域《ちいき》、ということです。だから、『満州』というコトバじたい、現代《げんだい》の中国のひとびとにとっては、いまだに不愉快《ふゆかい》なのです」

「そりゃ、現地《げんち》の人は、怒《おこ》るしかないよね」

「で、どうなったの？」

「やがて日本は敗戦《はいせん》をむかえ、満州国はわずか十三年間で、地上から消えてしまいました。八月九日、ソ連軍《れんぐん》がとつぜん進攻《しんこう》してきたのです。満州国に住んでいた日本人は、悲惨《ひさん》な目にあいます。多くのひとがシベリアに抑留《よくりゅう》され、地獄《じごく》のような苦難《くなん》にあいました。国のかかげた政策《せいさく》と宣伝によって、夢の天地が待っているといわれて満州にわたったのに、ひきあげや抑留で悲惨な経験《けいけん》をしたひとびとにとって、満州国のことは思いだすのもつらい歴史《れきし》です。でも日本人は、この歴史上のできごとは、わすれるべきではないでしょう」

わたしたちはだまって顔を見あわせる。いやはや、戦前《せんぜん》の日本って、信《しん》じられないような、いろんなことをしていたんだなあ。中国《ちゅうごく》に、国までつくってたのか。

「でも、それが、いまとどうつながるの？」

「そこです。なんと、今回の『北華人民共和国《ほっかじんみんきょうわこく》』は、このおぞましい満州国《まんしゅうこく》の復活《ふっかつ》をめざそうとしているんです」

「まさか」

「まさかと思われた、新しい国の建国。じつは、かつての満州国建国のシナリオをなぞっているのです。ちがうのは、国の軍隊《ぐんたい》が、日本の関東軍《かんとうぐん》ではなく、大陸《たいりく》の、もっとも反日的《はんにちてき》なグループだということ。かれらが、かつて大日本帝国《だいにほんていこく》がつくった満州国をモデルとして新しい国をつくったのです。つまり『うらがえしの満州国』それが、北華人民共和国の建国です」

「まあ、好《す》きにやればいいんじゃないの？　わたしたちにはさほど関係《かんけい》のないことだから」とアユ。「対岸の家事に、主婦は手を出さない」

「対岸の火事」

「それが、そうともいってられないんです」とたくみ。

「どうして?」

「この『北華人民共和国』を、裏《うら》でささえているのが、日本の一部のひとびとなんです」

これには、わたしたちは、あいた口がふさがらなかった。

「そんな、ばかな」

「いったい、なんのためにそんなことを」

「考えてみてください。北華人民共和国という新しい国ができた。日本にほど近いところに。その国は、地下資源《しげん》も豊富《ほうふ》、また、工場用地もあり、主要《しゅよう》な都市にはアジアじゅうからひとびとが集まってくる。新しい農業をはじめる広大な土地もある。この国に手をさしのべ、お金をつぎこみ、その国を思うがままに動かすことができれば、大きな富《とみ》が手に入り、国内で行きづまっているたくさんの産業《さんぎょう》が生きかえる。お金のことならだれよりも先に飛《と》びつく連中が、こんなおいしい話にのらないはずがないでしょう」

「だったら、平和な手段《しゅだん》でそうすればいいじゃないの」

「みんながそう思ったら、戦争《せんそう》なんか起きません。でも、ひとにぎりの勢力《せいりょく》は考える。

かの国を支配《しはい》したい。そのために、軍事力《ぐんじりょく》を使うのはやむをえない。いや、いまこそやるべきではないのか」

アユがいった。

「ばかばかしい。国民《こくみん》が反対するわよ」

「反対しないように、手を打っていく。それが彼《かれ》らの考えです」

「たとえば、どんな?」

「戦争《せんそう》というものに、慣《な》れさせること」

そういってたくみは、ふたたび立体画像《がぞう》を呼《よ》びだした。

いましも、波をけってすすむ、二隻《せき》の軍艦《ぐんかん》がうつしだされる。

「おおっ。新鋭護衛艦《しんえいごえいかん》の『いざなみ』と『いざなぎ』だ!」とマモルがさけんだ。「やっぱり、かっこいいなあ」

「これで、八八艦隊《はちはちかんたい》が完成《かんせい》するわけだ」とフジムラ。

「護衛艦、ヘリ空母、潜水艦《せんすいかん》からなる八隻の艦隊《かんたい》、二セットだね」とマモル。

「なによ男子、その二セットの艦隊って」

「大日本帝国海軍《だいにほんていこくかいぐん》は、かつて、最新鋭《さいしんえい》の戦艦《せんかん》八隻、巡洋戦艦《じゅんようせんかん》、つまり高速の戦艦のことだけど、その巡洋戦艦八隻からなる、八八艦隊という計画をたてたんだよ。それを維持《いじ》するのに、国家予算の半分が必要《ひつよう》だという、ものすごいプランだった」

「完成したの?」

「しなかった。お金もなかったし。でも、半分くらいは、つくったかな。どのみち、大《たい》艦巨砲《かんきょほう》の時代はおわって、建造中の戦艦は航空母艦《こうくうぼかん》になったんだ」

「そんなすごい艦隊つくって、どこと戦争するつもりだったの?」

「そりゃ、もちろんアメリカだよ。太平洋《たいへいよう》を舞台《ぶたい》に……まあじっさい、たたかったわけだけど、八八艦隊をつくろうとしたひとびとのイメージのような艦隊決戦《けっせん》の機会《きかい》はついにおとずれなかったわけ」

「つまり日本男子の見果《みは》てぬ夢《ゆめ》だった、と」「けっきょく、あんたたちは戦争がしたいのね?」と、アユとわたし。

「いや、その八八艦隊とはちょっと規模《きぼ》がちがうけど、日本を守る、最低限《さいていげん》の日本海艦隊として計画されたのが、新八八艦隊プラン。それがこの『いざなぎ』『いざなみ』の就役《しゅうえき》によって完成《かんせい》するんだ」

「やっぱり、8という文字を使って……」とアユ。「戦争《せんそう》しちゃうんだ！」

「しませんよ」とマモル。「ねえ」

「備《そな》えあれば憂《うれ》いなし、ってことでしょうね」とフジムラ。

「やる気まんまんじゃないか、あんたたちは」とわたし。アユもいう。

「そういうおもちゃをあたえられると、やっちゃいたいんでしょ？」

「おもちゃじゃない！」

「アメリカなんて、しょっちゅうあちこちで戦争してるじゃない。やっぱ、軍隊《ぐんたい》強いから、ためしたいんでしょ？」

「そういう心理的側面《しんりてきそくめん》があるのは否定《ひてい》しないよ」とフジムラ。

「ほらもう、男子の気持ちは戦争一直線じゃないの」

「いや、まさか。信《しん》じてよ。ぼくらはみんな、DEMON《デーモン》とたたかう空母せたたま小学校の乗組員、平和の戦士《せんし》だよ」

わたしたちはみんなDEMONのことを思いだす。

「この話に、DEMONは、どこまでかんでいるの？」

「現在《げんざい》の世界の状況《じょうきょう》に、DEMONがかんでいない話はないと思う」とのぞみはいった。

「つまりは、パンドラの子どもだから、このネット社会で、彼《かれ》がからまないものはないといってもいい……だが、そのかかわりは巧妙《こうみょう》だ。そんなにかんたんにしっぽをだすはずもない」

「だろうね」とフジムラ。

「ここにひとつの情報《じょうほう》があります」と、たくみがいった。「さまざまに飛《と》びかうネットや電話回線を傍受《ぼうじゅ》して、このかん、あることがおこなわれようとしているのです」

何がおこなわれようとしているんだ？

たくみは立体画面をたちあげる。日本列島《れっとう》、日本海、大陸《たいりく》、朝鮮《ちょうせん》半島の拡大《かくだい》地図だ。

「北華人民共和国《ほっかじんみんきょうわこく》は、建国にあたり、領土《りょうど》を確定《かくてい》しようとしています。それが、これ」

地図のうえに、かれらが主張《しゅちょう》する領土が、オレンジ色に染《そ》められていく。

「あれ？　日本海にのびてきた」

「ちょっとちょっと」

「それ、日本の島でしょ?」

なんと、それまで日本の島になっていた小さな部分が、オレンジ色にぬられてしまったのだ。

「対岸の火事ではないといったのは、このことです」

「どういうことよ」

「これは、輝春市《きしゅん》の南、日本海にある春島《はる》です。ここは無人島《むじんとう》ですが、ごくふつうの日本の領土《りょうど》です。でも、これを北華人民共和国《ほっかじんみんきょうわこく》が、『われわれの昔からの土地だ』と主張《しゅちょう》したら?」

「どろぼうでしょ」

「日本国民《こくみん》は当然《とうぜん》ながら、そんな主張には同意できません」

「で?」

「かれらが、もしも主張するだけでなく、この島を武力《ぶりょく》によって占領《せんりょう》したら?」

「抗議《こうぎ》するでしょ」

「抗議が聞きいれられるはずがない。そしたら?」

たくみは、やつぎばやにわたしたちに質問《しつもん》する。わたしも必死《ひっし》で考える。

「……日本は、軍艦《ぐんかん》を出して、春島を守ろうとする?」

「でも、その島は、すでに北華人民共和国の軍隊《ぐんたい》が占領している」

「どうなるの?」

「「「……戦争《せんそう》か!」」」

「待って待って待って!」とわたしはさけんだ。「あのねえ、そんなにかんたんに戦争になっていいわけがないでしょう!」

「おそらく」とのぞみがいった。「戦争になど、なるはずがない、というのがおおかたの意見だろう。だって、だれもそんなことを望《のぞ》んでいないんだから。最前線《さいぜんせん》の将兵《しょうへい》だって、戦争なんかごめんだと思っているよ。なぜなら、じぶんの命がだいじだからね、みんな。……でも、それにもかかわらず、戦争が起きる場合がある」

「それは、どんなとき?」

のぞみはいった。

「どちらの側《がわ》にも、『戦争がしたい』という、強い意志《いし》を持ったものたち、そういうグループが存在《そんざい》する場合。さっき、たくみがいったように、まちがいなく、そいつらは日本にも、北華人民共和国《ほっかじんみんきょうわこく》の側《がわ》にも、どちらにもいる」

「……ということは？」とたくみがいう。

わたしたちは顔を見あわせて、いった。

「「「……戦争《せんそう》が起きるかもしれない」」」

「やだやだ、そんなの」とアユ。

そのとき、立体画面が、ニュース番組にきりかわった。

「さきほどお伝《つた》えしたとおり、北華人民共和国の建国宣言《せんげん》にともない、同国と、中華人《ちゅうかじん》民共和国《みんきょうわこく》、ロシア、モンゴル、さらに日本との、領土《りょうど》の問題が生じています。なんと、北華人民共和国は、日本古来の領土である、日本海の『春島《はる》』は、自国の領土であると建国宣言の中で発表しました。これは、歴史的《れきしてき》に見ても、国際常識《こくさいじょうしき》にてらしても、まったくありえない、前代未聞《ぜんだいみもん》のいいがかりとしかいいようがありません。このため、本日午後、新型護衛艦《しんがたごえいかん》『いざなみ』『いざなぎ』を中心とする北方日本海護衛艦隊《ごえいかんたい》八隻《せき》が、領土保全《ほぜん》のため、春島方面に緊急《きんきゅう》出動しました。また、北華人民共和国海軍の、揚陸艦《ようりくかん》をはじめとする、十隻からなる艦隊が春島にむかって輝春港《きしゅん》を出航《しゅっこう》したという情報《じょうほう》が入っています。北方日本海は、とつぜん、一触即発《いっしょくそくはつ》の戦争の危険《きけん》に直面し、関係省庁《かんけいしょうちょう》は緊張《きんちょう》につつまれています」


「戦争かっ！」とマモル。

「あまりといえばあんまりな、急展開《きゅうてんかい》だなあ」

「なんなの、いきなり」

「おどろきますね、たしかに」とたくみ。

「でも……」とわたしはいった。「なんか、不自然《ふしぜん》じゃない？」

「たしかに、ヒトミのいうとおりです。わずか一日で、ここまで一気に状況《じょうきょう》が変化《へんか》するなんて……何かが、むりやり、流れをねじまげているような気がします」

わたしたちは、顔をみあわせる。

「世界の情勢《じょうせい》について、そういうことをするというのは……」

「「「DEMON《デーモン》？」」」と、わたしたちはつぶやく。

「おそらく」とのぞみはいった。「その場合、われわれがやらなきゃならないことがふたつある」とのぞみがいう。

「ちょっと待って」とわたし。「われわれ、ってさ。要《よう》するにのぞみがやろうと思っている、ってことじゃないの。われわれは、まだなんにも思ってないぞ」

「まあいいから。のぞみ、それは何?」とアユ。こいつは洗脳《せんのう》されている。

「ひとつは、八塚市《やつか》へ行くこと」

「なんで?」「どうして?」「ホワイ?」「そうくるか」

のぞみはいった。

「八塚市の大王《だいおう》神社で、イクサガミを見つけ、封印《ふういん》することとさ」

「あんた、はじめて聞いたわりには、平気でいうのね」とわたし。「何をいきなりイクサガミとかいっちゃって」

「大王神社にまつられているのは、月読命《ツキヨミノミコト》ではなく、イクサガミ……すなわち戦争《せんそう》の神だ。それが復活《ふっかつ》するということばを聞いたのは、あなたたちだろ。シブヤで」

「つまりは、そこに、戦争をとめるカギがあるってことですね」とたくみ。

「ああー。なんかね、あんまり気がすすまないというか」わたしはいった。「そんなことして、意味があるの？」

たくみがいう。

「戦争というのは、国の単位《たんい》でおこなうわけ。つまり国民《こくみん》の全部がまきこまれる。ということは、国家全体の集団《しゅうだん》としての意識《いしき》が戦争にむかう、ということが前提《ぜんてい》になる。だから、国民の『こころ』の問題なわけです。おそらく八塚市の大王神社には、日本の国民が戦争にむかうという『こころ』の中心があるんじゃないのかな。それがぼくの結論《けつろん》」

「ということは？」

たくみは、のぞみとまったく同じことばをくりかえした。

「八塚市の大王神社で、イクサガミを見つけ、封印すること」

「どうなんよ、フジムラ。このコンピュータ二人のいうことは、どこまで正しいの？」

「うーん」フジムラは考えこむ。「ＤＥＭＯＮ《デーモン》のことを考えるとそれもあるかと思う」

「そうなの？」

「ＤＥＭＯＮは、おそらく、日本に戦争をさせたいと考えている。そのために『イクサガミの復活《ふっかつ》』が必要《ひつよう》だとするなら、それを八塚《やつか》市で封印《ふういん》するべきかな、と」

「イクサガミって、そもそもなんなのか、わからないままで、八塚市へ行って、封印《ふういん》なんてできるの？」

「ごもっともです」とフジムラはアユにいった。

「でもまあ、しないよりは、まし、ってことか。だったらやるしかないな」

「マモル、どうしてそういう結論《けつろん》になるのよ。しないよりはまし、だったら、大きなリスクをおかしてやるよりは、しないでいる、ってことだってじゅうぶん選択肢《せんたくし》のひとつじゃないの」

「ヒトミらしくもない反論《はんろん》をしてるね」とアユ。

「わたしって、そんなに好戦的《こうせんてき》？　おとなしい、おじょうさまのわたしが？」

みんな、のけぞってみせた。のぞみがいった。

「ふたつ目は、いよいよ戦争《せんそう》がはじまったら、どうするか、ってことだ」

「どうするか、って、どうするのよ」とアユ。

「当然《とうぜん》ながら、われわれは、戦争をとめなければならない」

「いやいやいや」とわたし。

「がんばって。ここで反論できるのは、ヒトミだけだから！」とアユ。

「この、かよわい小学生四人に、戦争をとめられるわけがないでしょうがっ！　……なんでわたしが、こんなしょうもないセリフをいわなきゃならないのっ！」

「じゃあ、ヒトミ、本音はなに？」と、のぞみがおかしそうにいう。

わたしはいった。

「戦争が起きるなら、とめる。それができるのは、わたしたちだから」

「きまりだね」とマモル。「さっさとそのセリフできめてくれればいいのに」

「でも、その前にいろいろあるのがヒトミなんだよ」とフジムラ。「で、のぞみ。ぼくらはどうすればいいんです？」

「今夜、用意が整いしだい、きみたちをむかえにいく。マンションの屋上で、全員待っていなさい」

「マンションって、うちの？」

「屋上……ということは、ヘリコプターで？」

「それは、今夜のお楽しみだ」といって、のぞみは笑《わら》った。

「じゃあ、おれのために、だれかマンションのセキュリティはずしてくれよ」

「わたしのキーあずけとく」マモルにマンションのキーをぽんと投げると、マモルはかっこよくキャッチした。アユがすかさずいう。

「あんたたちって、そういう仲《なか》なんだ」

「どういう仲よ」

「おうちのキーを、貸《か》したり借《か》りたり……きゃはっ！」

「アユ、考えが不純《ふじゅん》だぞ」フジムラがめずらしくアユをたしなめた。いや、それくらいのことでアユに怒《おこ》ってたら、身がもたないぞ、フジムラ。

●○第2部○●

戦《セン》争《ソウ》ガ起キルカモシレナイ

Give Peace a Chance

6 黒い霧《きり》につつまれて

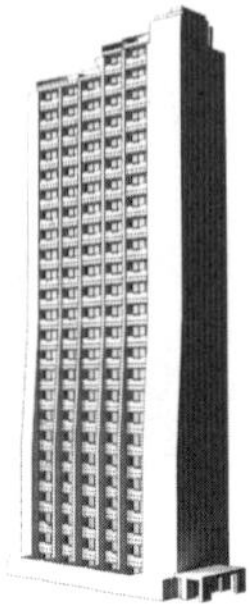

「なんか、あやしい風だねえ」とアユ。

ここは、リバーサイドマンションの屋上。屋上の半分は屋根つきのスカイルームだが、一歩外に出ると、タマ川の川風を、もろに受ける。地上にいるより、はるかに強い風がふいている。しかもいたずらな風だ。

「アユ、スカートがめくれてるぞ」

「ヒトミのえっちぃ！」

「やめてくれない？」フジムラがきいてた。

「フジムラ、テレビ見た？」

「見たけどさ。……ひどいよね」

「戦争《せんそう》、やるべきだ、っていうひとばかりだったね」

「うん」

だいたい、どこのテレビ局も、特番《とくばん》を組んでいた。ほとんどが、日本海の『春島《はる》』に上陸《じょうりく》しようとしている北華人民共和国艦隊《ほっかじんみんきょうわこくかんたい》への怒《いか》りでいっぱいの内容《ないよう》だった。

もちろん、わたしも、見ながら怒りがわいてきた。

そもそもいくら無人島《むじんとう》とはいえ、日本の土地なのに、かってにじぶんの領土《りょうど》だというなんて、あんまりの話だ。

「でも、なんでそんなむちゃを、あの新しい国がやろうとしているのか、それについての情報《じょうほう》はひとつもなかったよ」とフジムラがいった。

「じぶんの国の領土を広げたいからでしょ」とアユ。「言語道断《ごんごどうだん》だよ」

「それもあるけど、まず、既成事実《きせいじじつ》をつくって、のちのち日本から、お金とかをひきだそうとしているんだってさ」とマモル。

「そこへもってきて、『あんな島、いらないからあげてしまえばいい』といって、みんなをますます怒《おこ》らせるひともいたね」と、アユ。

「いたいた。あれって、なんなの？」

「みんなの怒りを増幅《ぞうふく》させる役割《やくわり》、かな」とフジムラ。

「なぜ、そういうことをするの？」

「国内にいる、北華人民共和国《ほっかじんみんきょうわこく》と、なんらかの関係《かんけい》のある人たちかもしれないよ。だから、どっちの肩《かた》を持つかといえば、そっちの肩を持つんだよ。本人たちは、正しいと思ってる。でも、うまく利用《りよう》されているだけのような気もする」

「ひとつの国には、いろんな意見があっていいと思うけど」とわたしはいった。「戦争《せんそう》だけはやめるべきだ、という、どっちの立場にも立たない人はいないんだ」

「いま、それをいうと、日本人がみんな逆上《ぎゃくじょう》するからね」

「で、どうなるの？」

全体の世論《よろん》は、北華人民共和国なんて、やっつけちまえ、というところだった。だいたい、建国したばかりで、軍隊《ぐんたい》の組織《そしき》もさほど強力なわけではない。いまのうちにさっさとたたいてしまえば、こっちが勝つだろう、という声が多い。

「やっぱ、戦争？」

「うーん、もしも戦争になったとしても、すぐに終わるだろ。無人島《むじんとう》の攻防《こうぼう》だったら」

「たしか、いつも、みんなそう思ってたんだよね、『すぐに終わる』って」

わたしたちの話は、重苦しくなり、やがてみんなだまった。

話題をかえようと、わたしはいった。

「ねえ、のぞみとたくみは、ヘリで来るのかな」

「だろうね。ここだったら、小型《こがた》のヘリが着けないことはないから」

フジムラは屋上を見わたしていう。

「よそのマンションは、屋上にいろんなものがごちゃごちゃあるけど、ここはわりとすっきり広いんだな」とマモル。

「マモル、屋上ははじめてだった？」

「スカイルームまで来たことはあるけど、外に出るのは、はじめてだよ」

「あ。あのときか。空母が来たときだ」とアユ。

「ここはね、タマ川の花火大会を、みんなでバーベキューしながら見られるように、よぶんなものはおかないことにしてるの」

「ここで花火見物か。すげえなあ」

二十五階建てマンションの屋上からのながめはとてもいい。タマ川も一望《いちぼう》で、わたしたちの豪華客船《ごうかきゃくせん》せたたま小学校もよく見える。

「でも、テーブルとかいすとか、出てるけど。ヘリが着くのには、じゃまだぜ」

なるほど、屋上のあちこちに、花火大会の名残《なごり》のテーブルやいすがいくつか、そのままに放置《ほうち》されている。フジムラがいった。

「ヘリがどこに着陸《ちゃくりく》するか、わからないよ。ここに降《お》りるのかどうかも」

「ここじゃなきゃ、どこに降りるというのよ」

「もしかしたら、災害救助《さいがいきゅうじょ》みたいに、ロープでヘリにつりあげられるとか」

「ええー」「やだ」

ゼロ戦《せん》や紫電改《しでんかい》やヘリのコクピットにすわって操縦《そうじゅう》するのはいいけど、そのままロープでつりあげられるのはこわい。

「いずれにせよ、そろそろのぞみを呼《よ》ぼう」マモルがいうと、フジムラがうなずいた。

「こちらマンション屋上。全員そろってるけど」

ペンダント携帯《けいたい》でのぞみが返事をする。

「了解《りょうかい》」

みんな、そっちから声が聞こえたというふうに、せたたま小学校を見る。夜は、客船せたたま小学校はライトアップされているが、深夜になると消える。でも、客船本体の光はいくつかついていて、教室の非常用《ひじょうよう》のあかりもあるので、船ぜんたいのりんかくはぼんやりと見える。おそらく、そっち方面から、ヘリコプターが飛《と》び立ってくるのかと思って見ていたら、

「「「「あれ?」」」」わたしたちは首をかしげた。急に、黒い雲がせたたま小学校をつつんだのだ。暗いから、はっきりとはわからないが、いきなり、黒い霧《きり》のようなものがせたたま小学校全体をかくしてしまったのだ。

「小学校が見えなくなった」

「黒いエアボールみたいなのが、せたたま小学校をつつみこんだ?」

「いや」とフジムラ。「あの黒い雲は、船から出てきた」

「ってことは?」

「わからない」とフジムラ。わたしたちはみんなでじっと小学校のほうを見つめる。すると、黒い霧《きり》が、ゆっくり上昇《じょうしょう》しはじめた。

「あれれ」

「どういうこと?」

「あの中に、ヘリコプターがかくれてるのか」とマモル。だがフジムラは首をふった。

「ヘリコプターなら、黒い霧でかくす必要《ひつよう》はない」

そんなことをいってるうちに、黒い霧は、わたしたちのマンションの方へ、ゆっくり近づいてくる。みんな、お口をあんぐりとあけて、空を見あげた。黒い霧は、マンションの真上にやってきた。頭上の星が、霧で見えなくなる。

「みんな、そろってるね」と、のぞみの声がきこえた。「わたしは、いま、きみたちの真上だ。マンションが真下に見える。きみたちからは、こちらが黒い霧のかたまりに見えているかな?」

「っていうか、黒い霧しか見えないんだけど」とアユ。

「なら、オーケーだ。カモフラージュ、成功《せいこう》だな」

「いったい、どんな新型《しんがた》ヘリコプターをカモフラージュしてるんですか？」

「新型ヘリコプター？　なんのことだ」

「ちがうの？」

するとたくみの声がした。

「いまから霧をとりのぞくからね。お目めをぱっちりあけて、見てごらん！」

「いわれなくても、あけてますよーだ。あたし目が大きいから、いっぱいゴミが入っちゃう」そこまで大きくないってば。

上空の黒い霧が消えていく。そして、わたしたちの頭上に……。

「「「うわあっ！」」」

空母せたたま小学校が、空中に浮《う》かんでいる！

そしていま、ずっしりした灰色《はいいろ》の巨体《きょたい》が、マンションの真上から、ゆっくりと降下《こうか》してきたのである。

「なんてこった！」「肩《かた》こった！」

「そりゃまあ、上ばっかり見てたからね」

「ギャグいってる場合じゃないだろう！　なんで航空母艦《こうくうぼかん》が、空に浮《う》かんでるんだよ！　フジムラ！　説明《せつめい》してくれよ」

「これは……空母せたたま小学校のかっこうをした、大きな風船……だったらわかるんだけどね」

「だよな、だよな！　二万トンの空母が空を飛《と》ぶわけがないもんな！」

いってるうちに、空母は、わたしたちのマンション屋上を桟橋《さんばし》と見たてるように、空中をゆっくり近づき、ビルの屋上に接舷《せつげん》してきた。

こんなの、だれかが見あげたら、もろに見つかってしまうよ。いや、そもそもマンションの上の階の住人なら、窓《まど》ごしに、この軍艦《ぐんかん》の巨体《きょたい》がまる見えだ。さぞかし、おどろいていることだろう。

艦橋《かんきょう》で、たくみが手をふっている。

その口の動きを見れば、いっていることはわかる。

「おいでよ、みんな」

のぞみの姿《すがた》は見えない。細心の注意をはらって、空母を操艦《そうかん》しているにちがいない。

「おいでよ、って。あいつ、何をいってるんだ」

「まあ、ふつうに来い、ってことでしょ」

たくみの声がきこえた。

「さあ、だれからこっちに乗りうつる？」

まさか。まさか。

わたしは、がくがくと足がふるえだした。二十五階建てのマンション屋上には、申《もう》し訳《わけ》ていどの低《ひく》いフェンスがあり、そこをのりこえて空母の甲板《かんぱん》に乗りうつることは、不《ふ》可能《かのう》ではない。だが、そのフェンスの先の屋上のふちから、空中に浮《う》かぶ空母までは、一メートルほどの間隔《かんかく》があり、百メートル下の、地上の道路や家が、まるで谷底《たにぞこ》の箱庭みたいに見えるのだ。落っこちたら、いっかんの終わり。一メートルの間隔は、おそろしく遠い距離《きょり》に見える。ここを、フェンスを乗りこえて、目の前の甲板に飛《と》びうつれというの？

「えいっ！」

　わたしがためらっているうちに、となりでいさましい声がしたと思ったら、アユが、空母の甲板に、スカートをひるがえし、ひらりとジャンプした。

「おすっ！」とマモルがつづく。

「うわあ……」といいながら、下をのぞきこむフジムラ。わたしたちは顔を見あわせた。

フジムラ、あんたもこわいんだね。よかったよ、仲間《なかま》がいてくれて。

「むりだよね、こんなところ」

「ああ……。でもまあ、ここがビルの屋上だと思わなければ、はばとびでとべない距離ではないけどね。ヒトミ、思いきってジャンプすればだいじょうぶだよ、きっと」

「あっ、そう！　フジムラ、わたしをうらぎるんだね？」

「高学年の立ちはばとびの平均《へいきん》は、一メートル六十センチくらいだ。これくらいのはばなら、よゆうで飛《と》びこえられるはずだから」

　そういって、フジムラはフェンスを乗りこえ、屋上のへりに立つと、アユとマモルの待っている甲板にむかって、「やあっ！」と一声さけんで、飛んだ。

すとん。

着地。でも、いわせてもらえば、けっこうぎりぎりだったぞ、フジムラ。

理屈《りくつ》でじぶんの恐怖《きょうふ》をねじふせられるやつはいい。あいにくわたしの恐怖心《きょうふしん》はほんものなのだ。たぶん、フジムラどころじゃなくて、緊張《きんちょう》でからだがこわばってるから、ひどい結果《けっか》になる。そこらへんの予測《よそく》は、けっこう冷静《れいせい》だ。

「ヒトミ、ゼロ戦《せん》のコクピットで敵《てき》にむかってるときはあんなに勇敢《ゆうかん》なのに、どうしてこんなところが飛べないんだよ！」とマモルがさけぶ。

「ひとそれぞれでしょ！」とわたしはさけびかえした。「みなさん、わたしにかまわず、どうぞ八塚《やつか》市でもどこへでも行っちまってください。わたしお部屋で寝《ね》てるから」

「そうはいかないよ。ヒトミがいないと、あたしたちのパワーが出ないし」

「いいえ、あたしなんか、足手まとい以外《いがい》のなにものでもございません」

ちょっとだけ、この前の勾玉《まがたま》島、つまりレンガくん救出作戦《きゅうしゅつさくせん》の古傷《ふるきず》がうずく。いつも四人で仲《なか》よくしてきたのに、またしてもわたし対三人の構図《こうず》。ちょっと部屋でふて寝したくらいでは、この傷《きず》はいやせそうにない。でも、だからといってここを飛《と》びこえるなんて、むりむりむり。

「わかったよ、ヒトミ。あたしが、なんとかする！」

そういって、アユは艦橋《かんきょう》へ走っていく。いさましくカンカンカンと階段《かいだん》をのぼる足音がしたかと思ったら、ペンダント携帯《けいたい》から声がする。

「のぞみ、操縦《そうじゅう》かわって！　あたしが屋上ぎりぎりまで接舷《せつげん》してみる！」

「わかった。お願《ねが》いね」とのぞみの声。「コンピュータには、これ以上《いじょう》の接近《せっきん》はむり。だって、ぶつかる危険《きけん》を察知《さっち》して、安全ストッパー装置《そうち》が働《はたら》くんだもの」

「わかる。数字とか、確率《かくりつ》であらわせば、そのほうが正しいよ、きっと」

まもなく、空母せたたま小学校は、ビルの屋上に、その巨大《きょだい》な甲板《かんぱん》を、ぴたりと接舷した。すきまがない。なんて操艦《そうかん》技術《ぎじゅつ》だ。こうなってはこわがる理由がない。

わたしは、ゆっくり、プラットフォームから電車に乗るように、空母に乗りうつることができた。

「ずるいなあ、ヒトミだけ」

「ごめんなさい、お待たせしました。……きゃあっ！」

「あぶないっ！」

マモルとフジムラがあわてててわたしの両手をひっぱる。わたしが乗りうつると同時に、甲板《かんぱん》がぐらりとゆれたのだ。こんどこそ、まじで落っこちるところだった。

「最後《さいご》のひとふみにこそ、気をつけなきゃならないんだよ～」とたくみの声。

「兼好法師《けんこうほうし》のお説教《せっきょう》なんか、聞きたくないわ」とわたし。

「ヒトミ、すごい」フジムラがおどろいている。わたしの教養《きょうよう》を知らないな。……って、レンガくんのうけうりだけど。

艦長室《かんちょうしつ》に入るまでに、空母の両舷《りょうげん》から、もくもくと黒い霧《きり》のようなものが吐《は》きだされているのが見えた。

かくしてふたたび、空中に浮《う》かぶ空母せたたま小学校は黒い霧によってつつまれ、だれからも見えない、いや、見えるのは、黒い霧ばかり、ということになる。

「まずは、どうやって、空母せたたま小学校が空に浮かんでいるのか、教えてほしいんだけど」と、フジムラ。

「浮遊装置《ふゆうそうち》をつけたから」のぞみは笑《わら》いながらいった。「でも、もちろん、そういう答えじゃ満足《まんぞく》しないんでしょ、フジムラは」

「わかってるじゃないですか」

「じゃあ、まずフジムラの推理《すいり》を教えてよ」とたくみがいう。

「反重力装置《そうち》？」

「とんでもない」とたくみが笑う。「実現可能《じつげんかのう》かどうかはべつにして、もし反重力装置をとりつけるとしたら、この空母をＵＦＯ《ユーフォ》みたいに、かたちから全面改造《かいぞう》しなきゃならないし、乗員の安全性《あんぜんせい》の問題もあります。採用《さいよう》できないです」

「では、二万トンの空母を、そのまま空に浮《う》かべるには？」

「風船か？」とマモル。

「まあ、それが正解《せいかい》です」

「風船でつりあげてるの！」「ないじゃないの、風船なんか」

「それは、もちろん、ふつうの風船で、航空母艦《こうくうぼかん》が浮かぶわけがないけど。でも、原理《げんり》的《てき》にはそういうことです。飛行船と同様、水素《すいそ》とかヘリウムのように、空気よりも比重《ひじゅう》の軽いものをとりつけることによって、空中に浮《う》かんでいるんです」

「水素でもヘリウムでもない？」

たくみはうなずいた。

「もしかして、あの黒い霧《きり》で、風船をかくしているの？」

「だったら、霧が晴れたら、ちょっとまぬけだね」

「だから夜しか飛《と》べないんだ」

たくみはむっとしてそっぽをむいた。するとのぞみが「まあまあ」というふうにたくみの肩《かた》をなでる。

「ちゃんと説明《せつめい》するのよ、みなさんに」

「あのね。風船でつりあげているというのは、あくまでも原理として話しているわけだから、みんなの考えるようなまんがのイメージはやめてください」

「じゃあ、どう考えればいいのさ」

「そもそも、風船に何をいれたら、空母をつりあげるほどの浮力《ふりょく》ができる？」

「そうですね……お風呂《ふろ》の中で、洗面器《せんめんき》をさかさまにしずめたことがありますか。あの洗面器の中の空気の浮力は、相当なものであることがわかりますよね。つまり、この空母をつりあげているのが、その空気にあたるものだと考えてみればいいんです。この場合、お風呂《ふろ》のお湯は、地上の空気にあたるわけです」

さかさまにした洗面器をおふろの中にしずめると、中の空気のせいでものすごい浮力ができることは知っている。

「洗面器をかたむけると、空気のかたまりが、ぶわっと浮かんできて、爆発《ばくはつ》したみたいに水がもりあがるよね」とマモル。「あんな強烈《きょうれつ》な浮力で、空母をつりあげているってことか」

「その見えない空気ぶくろを、どこかにとりつけているわけだ」とフジムラ。

「わかった」とアユ。「あたしにも経験《けいけん》がある」

「みなまでいうなよ、アユ」とわたしは警告《けいこく》を発したが、おそかった。

「お風呂でおならをしたら、浮かんでくるもんね。風船におならをつめこんで、せたたま小学校を、お空に浮かべたってわけか！」

「爆発したら、とんでもないことになるな」

「マモル、わるのりしないでよね」

「あ」フジムラがいった。「ただの空気でも、火力であっためれば、浮力《ふりょく》は大きくなるよね。熱気球《ねつききゅう》はその原理で浮《う》かぶわけだから。つまり、比重《ひじゅう》の軽い物質《ぶっしつ》を、さらに熱《ねつ》をくわえたり、化学変化《かがくへんか》させることによって、より大きな浮力をえることができる。メタンとか、何かを発酵《はっこう》させると、そういう物質ができる可能性《かのうせい》はあるな」

「やっぱり、おならね！」

「どうしても、話をそこに持っていきたいのか、アユ！」

「だって、お風呂場で、洗面器とか、ぶわっとか、そんな話が、それ以外《いがい》にどこへ行くというのよ」

「おしまい！　もう、浮遊装置《ふゆうそうち》の話はおしまい！」

たまりかねたようにのぞみがさけぶ。コンピュータは、おげれつな話は苦手《にがて》らしい。

「そうだよ。この、すばらしい夜景《やけい》をごらんよ」とわたしはいった。

空飛《と》ぶ航空母艦《こうくうぼかん》、せたたま小学校の艦橋《かんきょう》から眼下《がんか》を見れば、そこには地上の星が無数《むすう》にまたたいている。みんな、だまってその光景《こうけい》に見とれている。すると、

「くっそお」とアユが下品でらんぼうなことばをはいた。

「何よ。あんた、じぶんがかわいいから、何いってもゆるされると思ったら大まちがいだからね。どうせ、そのギャップがいいとか、だれかにいわれたんだろうけど」

「いわれてないですう」とアユはほっぺをふくらませる。

「じゃあ、なんでそんな、きたないことばを」

「あたしは！」とアユはいった。「空母の舵《かじ》をにぎってしまったことを後悔《こうかい》してるのよ。もしも舵をとってなければ、ヒトミと肩《かた》をならべて、手とかつないで、このうつくしい景色《けしき》が見れるのに」

そうだったのか。

「ごめんね、アユ」

「わかればいいんですう」といってアユは口をすぼめた。

「アユさん、そういうときは、歌をよめばいいんです。日ごろのだじゃれのセンスからいけば、あなただったら、いまの気持ちにぴったりの歌がよめるはずです」

「じゃあ、なんかヒントになるような歌をちょうだい」

本気で歌をよむつもりらしい。

「じゃあ、あれがいいかもしれませんね。小倉百人一首《おぐらひゃくにんいっしゅ》にある、*小野篁《おののたかむら》の歌。

わたの原《はら》　八十島《やそしま》かけて　漕《こ》ぎ出《い》でぬと
人《ひと》には告《つ》げよ　あまのつり舟《ぶね》

意味は、こんなふうなことです。

広い大海原《おおうなばら》の、たくさんの島をめざして、わたしはいま、船をこぎだしたところだと、都の友に伝《つた》えておくれ、そこを行く漁夫《ぎょふ》のちいさなつり舟よ」

「おお、なんか、かっこいいね」

「でもじつは、これを歌ったとき、篁は帝《みかど》の命令《めいれい》にそむいたとして、流罪《るざい》になって隠岐《おき》の島に行くところだったんです。でも、アユさんのいうとおり、この歌は、いさましくて、悲しみや、おちこんだようすがありません。そのギャップがすてきです。島流しの刑《けい》を受けているというのに、そんな悲しさとか、つらさはみじんもださず、ボクはこれから大海にこぎだすんだ、なんてね。人間のすごさがわかる」

「おす。溝口《みぞぐち》アユ、いきます！」

そういって、アユはひとつ深呼吸《しんこきゅう》した。

「あまの原　八塚《やつか》にむかい　星空を　きみと飛《と》ぶんだ　空母せたたま」

こういうことができるのか、アユ。わたしはパチパチと拍手《はくしゅ》した。フジムラだけが首をふって、「あまの原は八塚の枕詞《まくらことば》じゃないし」とつぶやいている。

「目的地《もくてきち》わかってるんだね、アユ」とマモル。「ぼくらは八塚にむかってるんだ」

「まあ、いちおうそうかと思ってさ。ほかにはないでしょ。……でも、八塚のどこ？

そもそも空母が接舷《せつげん》できるような場所は、あるのかな。その、大王神社《だいおう》？」

「大王神社に行けば、イクサガミが出てくるの？」

なんかこわい。イクサガミってどんなものだろう。

「わからないわ。とにかく行こうとしているだけよ」と、のぞみが楽しそうにいった。

「わたし、イクサガミが出てきたら、さっさと逃《に》げるからね」

「いいわよお」とのぞみ。

＊百人一首では「参議篁《さんぎ》」。

「もしかして、わたしたちと、夜のピクニックしようと思ってるだけ？」

「それじゃ、だめ？」

「だめじゃないけど」

「けど？」

「のぞみの、ほんとの気持ちっていうか、目的《もくてき》がよくわからない」

「あなたたちを連《つ》れて、八塚《やつか》に行けば、それだけで何かがおきると思ってる」

「のぞみ。あんたって、いまの空母せたたま小学校といっしょだね」

「どういうこと？」

「黒い霧《きり》につつまれてる、ってことですよーだ」

「あらら、人聞きのわるい」

7 廃墟《はいきょ》の案内者《あんないしゃ》

「これはいったい、どういうこと！」

アユがさけぶ。

わたしたちはおどろいて艦橋《かんきょう》の右舷窓《うげんまど》ぎわに行き、地上を見おろす。

「真っ暗だ……」マモルがつぶやく。

「八塚《やつか》市上空です」と、たくみ。もうついたのだ。

「どうして、こんなふうなの？」

「だよね。こんな……こんなに暗いなんて」

「まるで、宇宙衛星《うちゅうえいせい》から見た、夜の地球の、あの国の写真みたいだ」とフジムラ。

「あの国、って？」

「国民《こくみん》が餓死寸前《がしすんぜん》。そんな経済状態《けいざいじょうたい》なのに、独裁者《どくさいしゃ》がいて、武器《ぶき》の開発ばかりやっている、あの国だよ。電力も満足《まんぞく》に供給《きょうきゅう》されてない。だから宇宙《うちゅう》から夜の写真を見ると、まわりの国は明るい光にみちているのに、そこだけは、その国のかたちの黒い闇《やみ》があるだけ。光というものがない」

「ということは、八塚《やつか》市も？」

「夜は真っ暗な町だってことだね」

「あの話のとおりだ」とアユ。

そう。カウンセリング・レポート小説《しょうせつ》『夜ノ子ドモタチ』によれば、子どもたちが、やっかいな幻覚《げんかく》を見たのは、タブーをやぶったことが理由だった。そして、そのタブーとは、「夜は外に出てはいけない」ということだった。

「真夜中にはだれも外には出ない町。そこには、そもそも光の必要《ひつよう》がない」とわたしはいった。「それも、過去《かこ》のことじゃなくて、いま現在《げんざい》も」

「B《ビー》－29が、八塚上空に飛来《ひらい》してても、この暗さでは爆撃目標《ばくげきもくひょう》が見えないかもしれない」

とマモルはいった。

「あ、それで、結局爆弾《けっきょくばくだん》を落とさずに帰った?」

「いや、それならそれで、米軍《べいぐん》の記録《きろく》には残《のこ》るはずだよ。戦争《せんそう》の記録にはちゃんと失敗《しっぱい》も書いてあるものさ。記録がないのは、もっとべつの理由だろう。予想もつかないことがあったんだ」

「B《ビー》-29の編隊《へんたい》は、イクサガミという名のなにものかに、出くわしたんだね、きっと」「ぞくぞくしてきちゃった」とわたしとアユはいった。

「イクサガミってさ」とフジムラがいう。「いくさ、つまり戦争の神、だと思ってるだろ、みんな」

「うん」「ちがうの?」

「もしかしたら、戦争の守《かみ》、つまり、いくさそのものをつかさどっているもののことなのかもしれない。いくさをはじめるのも、やめるのも、そいつが支配《しはい》している、みたいな意味があるかもしれない、と思ったんだけど」

アタマの中に、軍配《ぐんばい》を持った行司《ぎょうじ》のようなひとが浮《う》かぶ。その軍配は「戦争」と「平和」どちらかにひるがえる……。

「じゃあ、もしかして、イクサガミにお願《ねが》いしたら、戦争《せんそう》をやめてくれる?」

「あまいような気がする」とマモル。「そんなやさしい神さまじゃないと思うよ」

「だよね」とわたし。

「それでのぞみ、空母せたたま小学校は、この真っ暗やみの町のどこに着陸《ちゃくりく》させればいいの?」とアユが操舵輪《そうだりん》をにぎりしめながらたずねる。

「暗視《あんし》カメラに切りかえたわ」と、のぞみ。「なんとか場所を確保《かくほ》したいな。小学校の校庭とか、さがせばあるんじゃないの?」

わたしたちの前に立体スクリーンがあらわれ、空母と、周辺《しゅうへん》のようすがリアルタイムでうつしだされた。それまで真っ暗だったのが、かなりくっきりした画像《がぞう》にかわる。

「あ、もう八塚《やつか》市の中心部は通りすぎちゃったよ」とアユ。「北に、丘みたいなちいさな山がある。……その手前にあるのが大王《だいおう》神社ね、きっと」

「地図を、実写画面にかぶせてみて」とフジムラ。たくみがうなずく。

八塚市の地図が、真っ暗な立体画像《がぞう》にかさなって表示《ひょうじ》される。

「市街《しがい》は、ほんとにちいさな町なんだね」

「大王神社があのあたり。そのうしろにある小山が、例《れい》の巨大古墳《きょだいこふん》だといわれてる、眉《まゆ》山だろうね」

「その後ろ！」とフジムラがさけぶ。「地図では『黒木森』とあるけど、そこが、ひみつの基地《きち》があったという……つまり、そのあとで遊園地に仮装《かそう》したという場所だ。そこなら人目につかないし、母艦《ぼかん》をとめるには絶好《ぜっこう》の場所だと思う」

「あるある。妙《みょう》な空き地というか、空間があるけど……」

「近づいて！」

「イエッサー！」

空母せたたま小学校は、ゆっくり、八塚市北の大王神社の背後《はいご》へと降《お》りてゆく。

「うーん。ここに降りられるかとなると、ちょっときびしいな」

アユのいうとおり、行く手の場所は、平坦《へいたん》な地上ではなかった。

そこには、たくさんの黒い、ふしぎなオブジェがあったのだ。

「なんだ、あれ」

「もうちょっと、はっきり見られないかな」

「やってみます」とたくみがいい、映像《えいぞう》がCG《シージー》に切りかわる。ぼんやり暗い画面がコンピュータ処理《しょり》をした映像に切りかわる。

「これは……！」

「おお！」

わたしたちは興奮《こうふん》の声をあげた。それは、遊園地だった。

観覧車《かんらんしゃ》らしきもの。ジェットコースターらしきもの。ほかにも、動物をかたどった、さまざまなかたちの乗り物がある。丸い、サーカスのような建物も見える。

ただ、どれもこれも、まともな形ではない。

こわれている。というか、残骸《ざんがい》なのだ。

屋根に穴があいていたり、壁《かべ》がくずれたりしている。

「思いだした」とわたしはいった。「ここは『夜ノ子ドモタチ』の最後《さいご》のシーンに出てくる、『スーパーランド』っていう遊園地だよ！　あれもほんとにあったんだ！」

「でも、いまはそんな名前の遊園地はない。ということは」とたくみ。「これは、もう、オープンしていない、だれもいない廃墟《はいきょ》の遊園地！」

「ちょ、ちょ、ちょっと！」とわたし。「まさか、そんなおそろしいところに船を降《お》ろそうってんじゃないでしょうね！」

「でもそこにはだれもいないはずだよね」とアユ。「人目につかなくて、大王《だいおう》神社にも近い。ということは、着陸《ちゃくりく》地点としては、うってつけってわけだ」

「やめてよ。だって、廃墟っていったら、がれきが地面にちらばっていて、表面はでこぼこだよ。そんなところに空母が着陸したら」

「地上数メートルのところで、空中に停泊《ていはく》しましょう。ぼくらは、そこからタラップで降りればいい」とたくみ。

「まあ、いい考えだよな」とマモル。

「ということは、空母はずっと浮《う》かんだまま、ってこと？」とフジムラ。

「いけない？」

「いや、なんかエネルギーというか、資源《しげん》のむだのような」

「いつでも逃《に》げられるからいいよ」とわたしはいって、フジムラはうなずいた。

「ちょっと待って」のぞみがいった。「イクサガミが、いったいなんなのかわからないけど、もしもの場合、用心のために、みんなに持っていってもらいたいものがある」

そういって、のぞみは、なにやら大きなバッグをとりだし、ファスナーをあけた。中から、武器《ぶき》のようなものが出てきた。

「それは?」

「多用途《たようと》ビーム銃《じゅう》。いちおうあったほうがいいでしょ」

「やめてください」とわたしはいった。「銃だなんて、兵士《へいし》じゃあるまいし、とんでもないことです」

「よくいうよ」とマモルがあきれている。「空戦《くうせん》ゲームだったら、ゼロ戦《せん》の機関砲《きかんほう》は平気でぶっぱなすくせにさ」

「でもまあ、たしかに小学生女子の持ちものではないよね」とアユ。

「護身《ごしん》のためよ」とのぞみはいった。「女子だからこそ持たないと」

「でも、だれを撃《う》つんです?」

「照準《しょうじゅん》に入ったものを瞬時《しゅんじ》に判断《はんだん》して、その敵にもっとも有効《ゆうこう》な打撃《だげき》をあたえるようにプログラムしてあるの。たとえば小動物であれば、麻酔銃《ますいじゅう》みたいな効果《こうか》があるし、人間の暴漢《ぼうかん》であれば、スタンガン的《てき》な衝撃《しょうげき》をあたえるようになってる」

「じゃあ、判断《はんだん》できないような、得体《えたい》のしれないものに対しては？」

「とりあえずは、敵《てき》からこちらがかくれられるようなもの……まあ煙幕《えんまく》みたいな感じかな。そういうものが発射《はっしゃ》されるわけ」

「すごい」とわたしとアユは一も二もなく、このビーム銃《じゅう》を手にとった。そんな万能《ばんのう》の護身銃《ごしんじゅう》があれば、だれだってほしい。

ずっしり重いかと思ったら、みかけほどではない。

「うーん」とアユが銃を手にして考えこむ。

「どうした？」

「こういう武器《ぶき》を手にしたら、やっぱり、それ相応《そうおう》のファッションが、ねえ」

「おじょうさまたち、どれになさいます？」とのぞみがスタイルブックをぽんと投げてよこした。「お望《のぞ》みのものを」

「じゃ、これ」

わたしたちは、あっさりと迷彩《めいさい》の軍服《ぐんぷく》を指さした。

「じゃあ。あちらの更衣室《こういしつ》へどうぞ」

「え。そんなの、空母せたたまの艦長室《かんちょうしつ》にあった？」

「ほら。急いで！」のぞみがせかすので、わたしたちは指さされたドアのところへ行く。

なんだかサウナの入口みたいだが、中に入ると、全身に光があたり、あっというまにからだにぴったりの迷彩服を着せられていた。どういうしくみか、よくわからない。

「見て！　ブーツもすてき！」とアユが大よろこびしている。

わたしは、そのとき、だれかさんに見てもらいたい、とけっこうつよく思ってしまった。それくらい、ちょっとかわいかったんだよね、われながら。

「「せたたま・ガールズ・コレクション！」」

二人でモデルっぽく歩きながら銃《じゅう》を片手《かたて》に、更衣室から出ていく。

「世界から戦争《せんそう》をなくす、空母せたたまガールズ！」

「いま、注目の二人、ゼロ戦《せん》エース、エンジェルと、衛生兵《えいせいへい》、アユ！　えいせいへい、救急箱《きゅうきゅうばこ》～～！」

「はーい、ただいま！　……って、なんであたしが衛生兵《えいせいへい》なのよ！」

「おまえら、悪のりしすぎだってば」とマモルがあきれている。

「イクサガミはどうかわからないけど、たしかにDEMON《デーモン》は逃《に》げだすかもね、あなたたちには」

「のりつっこみ、かんぺきだね、ヒトミ」


わたしたちは艦長室《かんちょうしつ》のドアから外にセットされたタラップをかけおり、八塚《やつか》市の北、夜の闇《やみ》におおわれた廃墟《はいきょ》へむかう。

ふりかえれば、空母せたたま小学校の巨体《きょたい》が、夜空に浮《う》かんでいる。いつもは吃水線《きっすいせん》の上しか見ていないから、この艦底《かんてい》の大きさにちょっと圧倒《あっとう》される。

「わたしたちを見守ってね、せたたま小学校」

アユとちょっとおいのり。それから歩きだす。真っ暗な夜といっても、空には星あかり。その空を背景《はいけい》にして、廃墟の遊園地のむこうに、半円形のふたつの丘が見える。

「あれが？」

「八塚市大王《だいおう》神社の後ろにある、眉山《まゆ》という名の双丘《そうきゅう》の古墳《こふん》です」と、たくみ。「前円《ぜんえん》後円墳《こうえんふん》とでもいうのでしょうか。でも、古墳にしては、あまりにも巨大《きょだい》すぎますが」

「そこよ」とわたしはいった。「『夜ノ子ドモタチ』によれば、子どもたちは、その古墳の、玄室《げんしつ》っていう穴に入っていったのよ」

「OK《オーケー》。そこにむかおう。みんな、足もとに気をつけて」と先頭のマモルがいった。そのあとにわたしとアユ、そしてのぞみとたくみ、最後尾《さいこうび》をフジムラ。

マモルは暗視《あんし》ゴーグルをつけている。

「この遊園地、いつまで営業《えいぎょう》していたのかな。足もとは、がれきだらけだけど」

「ここは、最初《さいしょ》、枯日《かれひ》スーパーランドという名でオープンしたんです。枯日というのは、ここの地名が八塚市枯日町、といったからです。その後、所有者がかわって八塚スーパーランドになり、最後《さいご》は高根《たかね》ファンタジーランドという名前になりました。高根というのは、北にそびえる高根山からとった名前です。でも、いずれも地元以外《いがい》には知るひともなく、結局営業赤字《けっきょくえいぎょうあかじ》になって廃園《はいえん》になりました。ほとんど宣伝《せんでん》もしていなかったので、やる気があったのか、ちょっと気になるところです」とたくみ。

「あやしい遊園地よね。こんなところに来るよりはあっちに行くよね、ふつう」

「あっちって？」

「ドリームドームよ。きまってるでしょ」

東京湾岸《わんがん》ドリームドームは、アニメのキャラクターが総登場《そうとうじょう》する、大人気の遊園地だ。東京湾の広大な埋《う》め立《た》て地につくられた、アジア一のテーマパーク。

「たしかに」

「では、なんのために、こんなところに遊園地を？」

「地図でおわかりのように、ここは、大王《だいおう》神社の背後《はいご》の広い森でした。かつては『いらずの森』つまり、だれも入れない神域《しんいき》だったのです。そこに、なんらかの国家的規模《こっかてききぼ》の施設《しせつ》があったことはたしかですが、どうやら、プロジェクトは破《は》たんしたのでしょう。それで、その施設あとをカモフラージュするために、遊園地にしたんじゃないでしょうか」とたくみ。

「地下に何か埋《う》められているのかな」とマモル。

「地下なのか、地上なのか、とにかくこのあたりにはひみつがある」とフジムラがいった。「そのひみつのひとつは、八塚市《やつか》の夜のタブーにからむ、イクサガミという、得体《えたい》のしれないなぞ。もうひとつは、ここに核兵器製造基地《かくへいきせいぞうきち》があったのではないか、というのが、橋田淳《はしだじゅん》……ヒトミのおじいさんの推理《すいり》だった」

「原爆製造工場説《げんばくせいぞうこうじょうせつ》は、いちおうたしかめた」とのぞみがいう。「放射性物質《ほうしゃせいぶっしつ》の存否《そんぴ》を、さっき空母から測定《そくてい》してみたんだ」

「で、結果《けっか》は？」

「かけらもない」

「やはりね」

「どうして、やはり、なの？　フジムラ」

「原発のさまざまな問題が明らかになる前は、みんな原発はクリーンで安全だといっていた。でもいまでは原発は問題だらけ。電源《でんげん》が切れれば、炉心溶融《ろしんようゆう》や核爆発《かくばくはつ》の危険《きけん》にさらされる。電気系統《でんきけいとう》や予備電源《よびでんげん》がいっせいに消失《しょうしつ》するような火山爆発《ばくはつ》、地震《じしん》などの自然《しぜん》災害《さいがい》も考えられる。コンピュータなどの操作《そうさ》ミス、テロなどによる人的災害《じんてきさいがい》だって無視《むし》できない。原発は海岸に作らねばならないから、津波《つなみ》だってある。さらに十万年以上《いじょう》も放射能《ほうしゃのう》を発生しつづける核廃棄物《かくはいきぶつ》の処理《しょり》、廃炉《はいろ》にするにも放射能処理《ほうしゃのうしょり》の問題がある。プルトニウムもそのひとつ。でも、それだけの問題があるのに、原発は必要《ひつよう》だ、とさけぶひとたちがいる」

「なにゆえに？」

「原発があることイコール、日本には核兵器《かくへいき》を製造《せいぞう》する能力《のうりょく》があるとアピールすることになる、というわけ。この火山国に、危険《きけん》な原発を五十基《き》以上《いじょう》もつくったのは、いつでも核兵器をつくる材料《ざいりょう》があるぞ、といいたいからなんだ。つまりさ。もう、核兵器の製造なんてことは、ひみつでもなんでもないんだよ。安全で平和な原発です、なんていわなくても、ちょっと過激《かげき》な政治家《せいじか》が権力《けんりょく》をにぎれば、どうどうとやっちゃうってことさ」

「でも、日本のたてまえは、平和国家だぜ」

「ほんとはお金のからむ話なんでしょ、どうせ」

「おそらく、ね。そもそも、かれらは戦争《せんそう》する、ってことを前提《ぜんてい》にしている。戦争も、核兵器も、なくしていこう、なんて考えてもいない。だったら平和国家、なんていわなきゃいいのに」

「しいっ」とマモルがいった。わたしたちはだまった。

「何かが前方にいる」

「何かって、何」

「消えた」

「やだ、やめてよ……暗視《あんし》ゴーグルに何がうつったの？」

「ちいさな、けものみたいなもの」

「それはイクサガミじゃないでしょ」

「あのう……」とたくみが口をはさんだ。「ちょっと前から、このグループのものではない、人間の思考、らしき脳波《のうは》エネルギーが感じられるんだけど」

「そんなものを感じられるんだ、たくみは」とマモル。

「何よその、脳波エネルギーって」

「つまり、この近くにいるだれかが、何か考えている、という、そのあらわれです」

「ここに、だれかがいる？」とわたし。

「その脳波エネルギーは、どんなことを語っているの？」と、のぞみがたずねる。

「それが……」とたくみはめずらしく口ごもった。「うまくいえないんですよね。なんなんだろう、この波形は」

「イクサガミ……？」

アユがそのことばを口にしたときだった。

ピカァ……！

「なに!?」

とつぜん、みんなの姿《すがた》が浮《う》かびあがるほどの、まぶしい光が走った。

ゴゴゴゴゴッ……ドドーン！

「きゃあっ！」

「か、かみなり！」

稲光《いなびかり》と雷鳴《らいめい》。それが、廃墟《はいきょ》を照《て》らし、耳をつんざいた。

「おまえが、イクサガミなんていうからあ！」とマモル。

するとふたたび、
ピカァ！　…………バシィーン！

「や、やめて！」

真っ白に浮かびあがる廃墟。

「あっ」マモルがちいさくさけび、とつぜんかけだした。

「どうしたの、マモル！」

「……ちいさな、生き物が」

「生き物？」

わたしたちは、マモルのあとにつづく。すると、マモルが追いかけているものが見えた。廃墟の中を、まるでわたしたちをさそうように、するする走るちいさな白い生き物。

「……オコジョ！」アユがさけんだ。

「ええっ！」

まさか。なんでここに、そんなものが。

「どういうことなの、フジムラ！」

「ぼくにいわれても！　……でも、もしもあれがオコジョなら」

「だとしたら？」

マモルがとまった。わたしたちを手で制《せい》し、とまれといっている。

「ごらん」

ちいさなけものは、わたしたちを見ているのか、見ていないのか、わからない。でも、その白いちいさな生き物は、たしかに、オコジョと呼《よ》ばれる、イタチのような動物だった。その動物は、北関東《きたかんとう》には生息していない。たくみがいった。

「まちがいなく……脳波《のうは》は、このけものから発生しています」

「たしか、オコジョというのは、『夜ノ子ドモタチ』に登場する、女性《じょせい》心理カウンセラーのニックネームだったよね？」とフジムラ。

「うん。ニックネームというか。心理的《しんりてき》にまいっていた、うちのじいさまの前にあらわれた女のひとが、じいさまには、オコジョに見えた。だから、それは……」

「おじいさんが見た幻覚《げんかく》と同じものを、ぼくらがいま見ている？」

「でも、じいさまが見たのは、目の前にほんものの女のひとがいて、そのひとがオコジョに見えた、っていうことだよ。わたしたちの前に、女のひとはいない！」

「そうだろうか」とフジムラ。「もしかしたら、ぼくらはみんな集団催眠《しゅうだんさいみん》にかかってしまったのかもしれない。だから、目の前にいる女のひとが、オコジョに見えるのかも」

「そ、そうなの？」

オコジョは、小首をかしげて、わたしたちを見ている。それから、また、ぴょんとはねて、がれきの中を小走りにすすんだ。

「待ってよ！　どこへ行こうとしているの？」

するとと、わたしの頭の中に、ふしぎなことばがこだました。

〈イクサガミに会いたいんでしょ。連《つ》れていってあげる〉

「だっ、だれ！」と、マモル。

「テレパシー？」とアユもさけんだ。きこえたのだ。わたしだけではなく、みんなにもこのことばが。

「どうしたの？」「何もきこえないけど」と、のぞみとたくみがいっている。

「どうやら、コンピュータにはきこえない声らしいね」とフジムラ。

「微弱《びじゃく》脳波をとらえただけです」とたくみ。

「あなたは、だれなの？」とわたしはいった。

〈わたしは、この町の夜にやってきて、ひみつを解《と》こうとする、あなたたちの水先案内《あんない》〉

「イクサガミでは、ないの？」

〈わたしはただの案内人にすぎない。イクサガミは、あなたたちがじぶんで見つけなければならない〉

「どうやって？」

そのとき、廃墟《はいきょ》の遊園地に、またしても稲妻《いなずま》が光り、雷鳴《らいめい》がとどろいた。こんどはさっきほど近くではない。ただ、ぼろぼろになった遊園地が、そのむざんなすがたを浮《う》きぼりにしたのだった。

〈わたしのあとについてきなさい。もしもあなたたちが、イクサガミを封印《ふういん》する気持ちがあるのなら〉

ふしぎな気持ちになる。このオコジョが、わたしたちの見ている幻覚《げんかく》であるとしたら、このことばもまた、わたしたちの心の声なのだろうか？

「……だとしたら、わたしたちは、イクサガミを知っていることになる」

つぶやくと、アユが銃《じゅう》をかまえて、わたしに合図した。

「すすむぞ、ヒトミ！」

「うん！」

雷鳴は頭上にとどろく。そして、ひときわ明るい稲光《いなびかり》が目の前を照《て》らしたとき、ドドーン！

雷《かみなり》が落ちた。目の前に落ちた。

もう、恐怖《きょうふ》のあまり、悲鳴すらあげられなかった。

ほんとにこわいときは、声も出ない。

わたしたちの足はすくみ、これ以上《いじょう》すすめない。

すると、
キーコ　キーコ　キーコ　キー…………

ふしぎな音がする。そちらをむくと、ひとつの廃屋《はいおく》ぜんたいが、ネオンのような、色《しき》彩《さい》もけばけばしいあかりにつつまれている。

どこからか、アコーディオンのような音楽がきこえてくる。

その廃屋は、かつて、メリーゴーラウンドだったものだ。

巨大《きょだい》なビーチパラソルのような屋根。その下に、たくさんの馬。それらが、ゆっくりと動きだす。回転木馬。でも木でできてはいない。白い陶器《とうき》でできた、アールデコ装飾《そうしょく》の馬なのだ。あざやかな色の鞍《くら》は、子どもたちが乗れるように踏《ふ》み台がついていて、馬のたてがみのところに、ハンドルのような手綱《たづな》がついている。

さっきまで、ぼろぼろの、くずれおちる寸前《すんぜん》の廃屋《はいおく》だった遊園地のメリーゴーラウンド。それがいま、現役《げんえき》の遊園地のように、カラフルな色彩《しきさい》と、にぎやかな音響《おんきょう》のもとに、動きだしている。

「なんなの、これは……」

「ヒトミ、あたし、なんか、胸《むね》がしめつけられるような気がする」

アユがせつない声をだす。そう、それは、不気味《ぶきみ》というよりも、心の奥《おく》のほうで、どこかで見た、なつかしい景色《けしき》のように思えた。

「これ、見たことがあるような……」

わたしも、アユも、マモルも、フジムラも、四人とも、この光景《こうけい》に心をすっかりうばわれていた。

メリーゴーラウンドに乗ったことは、ない。そんなものは、ほとんどの遊園地やテーマパークから絶滅《ぜつめつ》してしまった。でも、心のどこかで、こんな遊び道具があること、これに乗ってゆられたんだという記憶《きおく》がある。もしかしたら、わたしではなく、母とか、そのまた母の記憶かもしれない。

「ありえないでしょう」と、たくみのしっかりした声がした。

「雷《かみなり》によって、電気のスイッチが入った。そして長く放置《ほうち》されていた遊具が、とつぜん動きだした。それだけのことです。それ以外《いがい》のことはみな、あなたたち人間の心が増《ぞう》幅《ふく》させている、虚飾《きょしょく》でぬりかためられた、幻覚映像《げんかくえいぞう》。そう、ここにあるのは、あなたたちの心をゆがめ、鏡《かがみ》のようにうつしだす増幅装置《そうち》なんだ」

「それでは説明《せつめい》がつかない」とわたしはいった。アユもいった。

「あたし、いえ、あたしたちは、あのメリーゴーラウンドに乗らなきゃならない」

「アユ、何をいいだすんだ」とのぞみ。「きみがそんなことをいうなんて」

「だってオコジョが、おいでっていってる」とわたしはいった。「つまりは、わたしたちの心がそういっている、ということなんでしょ?」

「はっきりいっておくよ、ヒトミ」とたくみがいった。「あのちいさなけものは、きみたちの心の総意《そうい》なんかではない。だって、あれは、きみたちとはべつの脳波《のうは》を発しているんだから」

たくみのことばを無視《むし》するかのように、〈おいで〉と白いオコジョがいった。そして、メリーゴーラウンドの建物へとむかう。

〈まずは、これがイクサガミに出会うための最初《さいしょ》の試練《しれん》〉

「行こう、ヒトミ」とアユがいう。

「行くのか」

「なにか、ひかれる。あのオコジョに。ついていかなくちゃ、と思うのよ」

それはわたしもそうだった。

「ひきとめはしない」とたくみ。

「これはいま、いらない」と、アユは片手《かたて》にもった多用途《たようと》ビームガンを、地面に置《お》いた。

そしてわたしの手をにぎった。

わたしたちのあとから、マモルとフジムラが、ビームガンを持ったままついてくる。

「どうするの？」

「わからないけど、乗る」と、アユ。

「乗っていいのかな……」なおもためらうわたしに、アユはこっくりとうなずいた。

「ここは、そういう場所なんだよ、ヒトミ」

8 まわるメリーゴーラウンド

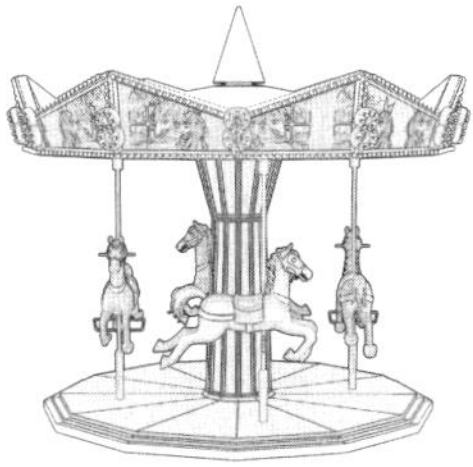

まるでわたしたちを待っていたように、メリーゴーラウンドはゆっくりと停止《ていし》した。
冷《つめ》たい手すりをにぎり、あぶみに足をかけ、木馬の鞍《くら》によじのぼる。あ、木の馬、ではない。回転木馬ではあるんだけど、陶器《とうき》でできた馬の像《ぞう》だ。その目はやさしい。
「よっこらしょ」鞍にまたがる。

わたしの奥《おく》に、アユ、その後ろにマモル、そしてわたしの後ろの馬にフジムラがまたがる。たくみとのぞみが、それを見ている。

「二人は乗らないのね」

「正確《せいかく》にいえば、『乗れない』ということだろうな。わたしたちコンピュータには、この回転木馬の体験《たいけん》はちょっとたえられないのではないかという気がする」

「危険《きけん》ってこと?」

「データ不足《ぶそく》なのです」とたくみがいう。「この、前世紀《ぜんせいき》の歯車で動くアナログな遊具には、どうも、科学的知識《かがくてきちしき》では判断《はんだん》できない、ある種《しゅ》の未解明《みかいめい》なもの、いわゆる心霊現象《しんれいげんしょう》のような念動《ねんどう》とか、情念《じょうねん》というか、そういう〈妙《みょう》な〉ものが過剰《かじょう》に付帯《ふたい》しているんです。ありえないでしょ、回転木馬の、もう動かない、古びた残骸《ざんがい》ですよ。おまけに〈妙な〉波動まで発生している。あなたたちが、こんなものに、乗ってみようという発想じたいがおかしい」

「それは、たくみには理解《りかい》できないものなのね」

「なんとなくわかるよ。ホラー映画《えいが》だと、だいたいゴーストは、機械《きかい》をこわすもんね」

「コンピュータは、理屈《りくつ》のつかない、『こころ』の問題にはつきあいたくない、っていうこと？」

「『こころ』も『たましい』も、よくわからない」

「でも、それをぬきにして、人間の問題は語れないんだけどな」

なんだか生意気なことをいってるな、という気はしたが、いってみた。

「この、おかしな回転木馬に乗るのが、こわいの？」

あんのじょう、たくみはちょっと目をつりあげていった。

「それらは、コンピュータにはないものです。こんなのにつきあうと、ぼくらの存在《そんざい》の意味が問われる。人間に固有《こゆう》の、さまざまな感情《かんじょう》を否定《ひてい》するわけではないけど、感情というのは、じつはみなさんが思っている以上《いじょう》に、地上の悪《あく》の根源《こんげん》です。愛《あい》と憎悪《ぞうお》は、さほどちがう領域《りょういき》にあるわけではない」

「いっていることは、わかる」とフジムラ。わかるんだ。

「わたしにはちっともわからない。愛と憎《にく》しみは正反対じゃないか」

「それは裏表《うらおもて》なんだよ、ヒトミ」とアユがえらそうにいう。

「いや、だから、悪《あく》の根源《こんげん》ってどういうことよ」

「それはかんたんだよ」とマモル。「だって、愛《あい》するひとを守るために戦争《せんそう》をしたり、だれかを憎《にく》むわけだろ。そんなものがなければ、戦争もけんかもおきないじゃないか」

「ええー、そうなの？」

「そういう側面《そくめん》はある。でも、ぼくらの感情《かんじょう》は、悪の根源ではないと思う。たくみ、たしかにぼくらは、きみたちとはちがう。理屈《りくつ》にあわなくても、じぶんたちにできないことだって、トライだけはしてみるんだよ」とフジムラ。

「じゃあ行くよ」マモルがいうと、たくみは軽く敬礼した。

「ごぶじと、健闘《けんとう》をいのります」

「いのってくれるんだ」と、いやみをいうと、

「いちおう」とかえす。かわいい顔をして、ほんとはいやみなやつなのか。のぞみは、なんだかうれしそうに手をふる。ふしぎな姉弟。人間にかわる、新しい地上の〈主役〉をめざしているたくみと、何をめざしているのかいまいちわからないのぞみ。わたしは木馬の手綱《たづな》をひいた。

ごとん、とメリーゴーラウンドが動きだした。

ごとん、ごとん、ごとん……

すぐに軽快《けいかい》なリズムと、アコーディオンのメロディーが流れ、わたしたちの体はすすむにつれて上がったり下がったりしながらお馬さんの背中《せなか》にゆられ、同じ場所をぐるぐるまわりはじめる。

「うわ……」

まわりはじめると、すぐにからだじゅうがあたたかくなった。なんだか、大きな、やわらかいものにつつまれるようだ。空気が、ねっとりと湿気《しっけ》をおびてきて、やがてまるでゼリーのようにからだにまとわりついてくる。

わたしたちは、上になったり下になったりしながら、同じところをぐるぐるまわっていく。そのうちに、上になり、下になることが、ひとつの波にゆられているような気分になってくる。

「ねえ、ヒトミ」

「ん?」

「あたしたち、どこへ行こうとしているの？」

「わからないけど、どこかへ行こうとしているよね」

フジムラも、マモルもうなずく。

「あれ？　……みんなで、同じところへ行こうとしてるのかなあ」

「どこだよ、それは」とマモルがいった。

「あらっ」

アユがふしぎそうにいう。

「ねえねえ、おかしいよ。このメリーゴーラウンド、いつのまにか、後ろむきにまわってる！」

「「「……ほんとだ！」」」

上下の動きにつられて、わからなかった。いつからだろう、わたしたちは、後ろむきにすすんでいる木馬の上で、ゆられている。

「なんかへん……」アユの声がかすれている。

メリーゴーラウンドがゆれる。上下にゆれる。わたしたちは、上になったり下になったりしながら、ゆられている。波にゆられているみたいに。

わたしはいった。

「マモル、わかってるんでしょ」

「わかんねえよ！」

わたしは首をふる。マモルはわかってる。

わたしたち四人は、後ろむきのメリーゴーラウンドで、同じところへ行こうとしている。ある場所、ある時間へ。

そこは、過去《かこ》だ。

空母せたたま小学校に出会う前。

河川敷《かせんしき》に建てられたせたたま小学校が流される前。

たまがわ小学校や、たぬき公園の仮設校舎《かせつこうしゃ》で勉強する前。

そもそも、学校に入る前……。

「あそこか」とマモル。

「うわあ……」とフジムラ。

「もしかして、せたたま第二保育園《ほいくえん》の……」

「まさか」「やめてよ」「ええー」

「「「「お砂場《すなば》!?」」」」

そう。

わたしたちは、そこで、いってみれば保育園時代の、最初《さいしょ》で最後《さいご》の「最悪《さいあく》」な時間をすごしたのだ。


卒園式《そつえんしき》まぢかのあのとき。

わすれていた。というより、思いだしたくない事件《じけん》。

あのときから何年もたち、マンションの屋上スカイルームで、みんなで空母せたたまの小学校がやってくるのを見るまで、わたしたちは、四人いっしょにすごすことはなかった。それまでは、あんなに……四人はいつもいっしょだったのに。

あのことがあったから。

あの日、あんなことがあったから。

その日、みんなで、お砂場にいた。

それぞれ、おしりをむけて、おたがいに顔は見えなかった。

わたしたちは、四人とも、ちがうことを考えていた。

「なんか……見えてきた」とアユがきれぎれの声でいう。

「何が見える？」

「あのとき、あたしが見ていたもの」

「アユは……何を見ていたの？」

「海」

「お砂場が、海に？」

「うん……急に、まわりにだれもいなくなって。正確《せいかく》にいえば、だれもいなくなったような気がしたんだけど。あたし、広い、ひろーい海岸に、たった一人でいたんだよ。海岸でたった一人で、貝をひろってた」

「ママとパパは……？」

「いない。どこにもいない。……いつものように」

「アユ。みんないるよ……」

「ヒトミ、助けて！　あたしを、一人にしないで！」

アユの声が遠くなっていく。

助けてあげたくても、その日、そんなよゆうは、わたしにもなかった。

保育園《ほいくえん》の庭。お砂場《すなば》。

わたしも、一人で、ちいさなスコップを持って、穴をほっている。

アユも、マモルも、フジムラも、つまり、わたしのいつもの仲間《なかま》たちが同じお砂場にいる。でもアユと同じように、そのときだれもわたしの横にはいない。

わたしは無心《むしん》に穴をほっている。

ほった穴が、ぱっくりと口をあけている。黒い穴だ。

その穴の奥《おく》に、わたしを見ている目。

きゃあっとさけんで、逃《に》げればよかった。

なのに、逃げられない。穴にすいこまれそうだ。その穴に入ったら、もう、そこからぬけだせない。どこまでも深く、暗い穴。

その穴が、なんの目的《もくてき》でわたしの行く手にあらわれるのか、じつはわたしは知っている。わたしが、けっして見たくないものだからだ。その中をのぞきこみたくないからだ。こわいから。のぞいたが最後、わたしはその中にすいこまれてしまい、二度ともどってくることはできない。

この暗い穴を、わたしはいつもどこかに意識《いしき》していた。

「ここにしか、穴がないと思うな」

そうなのだ。その穴は、どこにでもある。どこにでもあって、わたしを見ている。

でもわたしは、いつもは見ない。いつもなら話しかける相手が横にいる。なのに、今日《きょう》はいない。

「助けて……」

でも声にならない。マモルはずっと後ろをむいている。

そう。……マモルも、わたしどころではなかったのだ。

「ママがいなくなった……。ぼくをおいて、どこかへいってしまった」

知ってるよ……。そのことは知っている。

あるとき、保育園《ほいくえん》で、マモルはわたしをこっそりいじめた。でも、それはママがいないからだと、わたしは知っていた。マモルは、ただひたすら、どこか遠いところにいるはずのママを求《もと》めていた。だからわたしは、いつもマモルに、いろんなことをしてあげた。でも、してあげるたびに、マモルはわたしをいじめ、がまんしているわたしを、さらに憎《にく》んだ。そんなマモルには、わたしを助けることなどできはしなかった。マモルはとても孤独《こどく》だったから。

にもかかわらず、わたしたちは四人とも、おもてむきはとても仲《なか》よくすごしていた。表面だけは。

みんな、わたしたちの仲のよさを、ほめてくれたりもした。

けれど、そのときだけはちがった。その日だけは、わたしたちはたがいに背《せ》をむけ、やりきれない気持ちをかかえながら、それぞれ砂場《すなば》で遊んでいたのだ。

そして、「あのこと」がおきた。

トンネルをほりながら、フジムラがつぶやいた。

「服、ぬぎたい……」

その「服」というのは、フジムラが身につけている、何千、何万、何百万ものコトバ、知識《ちしき》という名の服のことらしかった。そんな比喩《ひゆ》を、こんど小学校にあがる保育園児《ほいくえんじ》が使うか、という話だけど、まあ、フジムラというのは、そういう子なのだ。

フジムラはその服を着てさえいれば、きっとどんな寒さにも暑さにも、痛《いた》みにもたえられると思っていた。でも、それはなんの役にも立ちはしない。ただただ、うっとうしく、めんどうなだけの服なのだ。そのことに、気づいたのだ。

フジムラがなぜ、そんな「服」を着ていたのか、理由はある。

まわりがよろこぶから、フジムラはそうするしかなかった。もしかしたら、フジムラが好《す》きなべつのことがあったかもしれない。でもそれはできない相談《そうだん》だった。

フジムラがだいじにしているものが、わたしたちにとっては、目ざわりだった。

フジムラがほめられると、くやしかったのかもしれない。

だからフジムラがほっていたトンネルを、ときどき、わたしたちは楽しそうにつぶした。わたしなど、いつもふみつぶしていた。

「服、ぬぎたい……」

そのとき、みんな、フジムラのつぶやきを、耳にした。みんな、それぞれ、じぶんのいちばんつらいものを目の前にしていたから、それは、救《すく》いのようなものだった。

「ぬげばいいじゃん」といったのはわたし。そしてわざわざフジムラのシャツをぬがしにかかった。参戦《さんせん》したのは、マモル。そのマモルに、わたしは頭つきをくらわした。

「やったな」とマモルがわたしに手を出そうとする。わたしは、その日だけは、マモルをゆるさないつもりでいた。

そこへ、アユが割《わ》って入る。

そしてわたしたちは、砂場《すなば》で爆発《ばくはつ》した。

「やめなさい！」「どうしたの、みんな！」

日ごろ仲《なか》のいい四人が、おたがいに泣《な》きさけびながら、ひっかいたり、たたいたり、壮絶《そうぜつ》なけんかをしている。砂をかけ、水をかけ、だれがとめに入っても、やめようとしない。ころんだ子をけとばし、その子の足をひっぱってたおす。

どろんこだ。そして、涙《なみだ》と鼻血。

もう、だれとだれが、ではなかった。

わたしたちは、おたがいに、ひどいことをしあった。

やり場のない怒《いか》りだけがあった。

まるで、いままでやらなかったけんかを、すべて凝縮《ぎょうしゅく》したみたいだった。

四人とも、わあわあ泣いて、……かなりの時間がたってからおさまった。

でも、そのけんかのさいちゅう、おたがいにさけんだことばは、消えない。

「えらそうに」「すましてんじゃないよ」「ばかだろ」「おくびょうもののくせに」

「おまえなんか、大っきらいだ！」「おまえこそ！」「二度と口をきかないから！」

「もう、会いたくない！」「ぜっこうだよ！」……。

それぞれに投げられた、悪口の数々《かずかず》。それまで、楽しい仲間だったわたしたちの、いちばん悪いところが、その日に、なぜか爆発した。

砂場が海になっている。いつのまにかわたしたちは海の波にゆられている。

ここは海の上。わたしたちは、顔だけが水面にうかんでいる。

あのときと、いまと、わたしたちは、かわったのか。

波がおそってくる。

あの日、水をかけあったすえに、みんな、海の中につきおとされたような気分で、わあわあ泣《な》いた。いま、海の中で、おぼれそうになっている。

このましずんでしまうのだろうか。

でもこんなときに、みんなの声がきこえる。

「ヒトミは、かんじんなときに、助けてくれなかった」

「アユは、じぶんかってで、なんでもわたしのせいにする」

「ヒトミはおせっかいだ。上から目線でおれに同情《どうじょう》した。かわいそうだといって」

「マモルはいつも、ぼくを運動ができないってばかにしていた。ヒトミは逆《ぎゃく》に頭がいいからってぼくをきらってた」

「フジムラなんか、あたしをどうしようもないバカだと思ってる」

おぼれそうになっているくせに、わたしたちはおたがいへの非難《ひなん》をやめない。

大人《おとな》は、あの日のわたしたちについて、語っていた。

「こんなこともあるんですね」「この子たちの楽園、よき時代はおわった、ということなのね」「保育園《ほいくえん》時代にわかれをつげる、ひとつの儀式《ぎしき》みたいなものかしら」

そんなふうに、大人は、わたしたちの「爆発《ばくはつ》」を解説《かいせつ》していた。

「イニシエーション……通過儀礼《つうかぎれい》というやつだね」

そうなのか。

ちがう。

なんか、わかった。

ほんとうは、なぐりたかったのは、目の前のアユやマモルやフジムラではなかった。

わたしたちは、ただ、やさしくしてほしかっただけなんだ。

でも、きっと、大人の考えるやさしさと、わたしたちの求《もと》めるやさしさはちがっていたのだ。やりきれない怒《いか》りだけがあった。それが、爆発したのだ。

仲《なか》のいい友にぶつけるべき怒りではなかった。でも、……いわせてもらえば、わかってくれるのは、この四人だけだった。だから、四人で、なぐりあったのだ。

「マモル、わたし、同情なんかしてないよ」

「じゃあ、どうして、おれにあんなにかまったんだ」

「ごめんね、わたし、おせっかいやいてるとき、じぶんのことをわすれていられたんだ。わたし、まともにじぶんのことと、むきあいたくなかった。じつは、じぶんはいちばんみじめでちっぽけだから」

「ヒトミ……」

深い海の底《そこ》から足がひっぱられる。

だれがひっぱっているんだ？

わたしには、わかる。あの黒い穴のような、あそこにあった目が、わたしの足をひっぱって、おぼれさせようとしているんだ。

「助けて！」

でも、このままおぼれてもいいや。

「あぷっ！」と水を飲んでおぼれそうになる。

顔は涙《なみだ》にぬれている。

アユがわたしに手をのばす。

「つかまって！」

「あのときは、ぼくらはガキだったんだよ、みんな」

「でもいまはもうすこし、ちがうよ」とフジムラがいう。

「ちゃんと、あたしのいいところも見て。ヒトミのこともちゃんと見てるから」

「アユ……」

わたしたちはもう、海岸からほど遠い。大きな波がおそってくる。

このままおぼれてしまうのかな。

わたしだけじゃなくて、みんなも。

そのとき。

「えいっ！」

どこかから、ブイが投げられる。

「みんな、それにつかまって！」

ボートが来たんだ。ブイにつかまりながら、わたしはさけぶ。

「あなたは、だれ？」

すると、ボートの上の声はいった。

「きみたちの、ライフ・セーバーだよ」

レンガくんの声だった。

順序《じゅんじょ》をふんで、ものごとはすすんでいった。

つまり、わたしたちはボートにひきあげられた。するとようやく、海も、海岸も視界《しかい》から消えた。

同時に、ふたたびメリーゴーラウンドが復活《ふっかつ》し、わたしたちは最初《さいしょ》の位置《いち》……つまり馬上でゆられているじぶんを発見する。それから、メリーゴーラウンドは、音楽も光も、上下にゆれながらまわることもやめ、しばらくの間、ぎくしゃくと動いたかと思うと、わたしたちを地上にどさりと落とし、あっというまにもとのがれきと、鉄やコンクリートの残骸《ざんがい》にかわった。いや、「もどった」というべきか。

わたしたちは、地面にたたきつけられ、痛《いた》かったけれど、さほどのことはなかった。「ブイを投げてもらわなくても」とフジムラはいった。「ぼくら、おたがいに手をさしのべて、助けあうところだったのに」ちょっと不本意《ふほんい》だというふうに。

レンガくんは、わたしの手をとり、助けおこしながらいった。

「つまり、ぼくがおせっかいをしたんだと？」

「そうよ。助けてもらわなくても」と、わたしはいった。

「きみたちが、子ども時代のことで、意味もなく、いつまでもどうどうめぐりしていたから、止めたんだよ。あのままではおぼれてしまっただろう」

「意味はあったわ」とアユ。

「でも、そんなことより、あなたはどうしてここに？」

「ここに来るべき理由があったから」レンガくんはいった。「そうだね、意味はあるんだ、たしかに。ユンカース心理学では、こう考える。人間の行動で、偶然《ぐうぜん》というものは存在《そんざい》しない。すべての行動には意味があり、複雑《ふくざつ》にからみあい、どこかで解決《かいけつ》できるようになっている、と。ぼくだって、橋田淳《はしだじゅん》から『八塚《やつか》へ行ってくれないか』といわれたときはおどろいた」

「じいさまが？」

「うん。ぼくらが、シブヤであれを……『イクサガミが復活《ふっかつ》する』という声をきいた、という話をしただろ。橋田淳《はしだじゅん》はいった。八塚《やつか》へ行き、ほんとうにイクサガミが復活《ふっかつ》したのかどうか、教えてくれないか、と」

レンガくんはたずねたそうだ。

「どうして、ごじぶんで行かれないのですか？」

「イクサガミに立ち会うには、条件《じょうけん》が必要《ひつよう》だ。ひとつは、未来《みらい》について個人的《こじんてき》な問題をかかえていること……つまり、若《わか》いということが必要なんだよ」

「あなただって個人的な問題をかかえているじゃありませんか。だって現役《げんえき》の作家として、さまざまに切実なテーマを描《えが》いていますよね」

橋田淳は首をふった。

「それはわたしの未来ではない。わたしの青春は、終わったから」

「意味がわからない。あなたは永遠《えいえん》の青春を生きる作家ではないのですか」

「わたしがいまオコジョに会っても、彼女《かのじょ》と人生をやりなおすことはできない」

そうなのか。若い時に出会ったひとをわすれるのも、恋《こい》しつづけるのも、いまさらやりなおしはできないと考えるのも、ひとそれぞれなのだろうか。

「でもあなたは、八塚へ行けば、オコジョに会えると思っておられるのですね?」

「イクサガミが復活するなら、彼女はかならずそこに立ち会うだろう。あのひとの生きかたは、永遠の青春、だ。……あとひとつ」

「はい」

「もしも戦争《せんそう》が起きるなら、復活したイクサガミを封印《ふういん》しなければならない。だがそれは、一人ではできない。おそらく八人が必要なのだ。きみが八塚に行けば、あと七人と出会うことになる。そのうちの一人は、オコジョだ」

「のこりの六人とは?」

「おそらく」橋田淳はいった。「みんな、子どもではないのかな。かつて、オコジョたちが、八塚でイクサガミに出会ったときのように」

「まさか、その子どもが、きみたちだったとは」と、レンガくん。「でも、八人にはならないよね?」

「数えてみる？」とわたし。

「ぼくが」とマモル。

「ヒトミ。アユ。フジムラ。ぼく。それからオコジョと……カレシさん。これで六人。

つまりあと二人、いるんだよね」

暗やみの中から、ゆっくりとひとかげがあらわれる。

「ハーイ」と、のぞみ。「お待ちかねの、のこりの二人よ」

「うまく数があったね」と、たくみ。

レンガくんはおどろいている。

「この……この二人は？」

「夜ノ子ドモタチじゃなくて、ごめんなさい」とのぞみ。

「ぼくらは、つまり、新しい時代の、新しい子どもたちです」

9 いは(わ)で思ふ(う)ぞ

「そっか、初対面《しょたいめん》か。……でも、あれは見たんでしょ?」

　わたしはふりかえって、空母せたたま小学校をあおぎ見……ようとした。だが空母は漆黒《しっこく》の闇《やみ》に溶《と》けてしまったかのように、ここからは見えなかった。そのほうがよかった。何にせよレンガくんには、理解《りかい》できないことばかりだろうから。

「すみれさんのクラスの子が、なぜ、この八塚《やつか》市の真夜中にいるのか、どうやって来たのか、何をしに、というような質問《しつもん》が、山ほどあるんだけど、いまは、それはおいておこう」とレンガくんはいった。「でも、最低限《さいていげん》の質問だけはしたいな」

「いいわよ」とのぞみがいう。

「そもそも、あなたはなんですか！」

「ああ、それはめんどくさいな。話すのが」

「だったら、いいです」とレンガくん。「とにかく、ここには、子どもと大人《おとな》、あわせて八人がそろったわけで。オコジョ、あなたとも初対面《しょたいめん》ですが、お話は、橋田淳《はしだじゅん》からききました。ぼくは橋田淳の書いた『夜ノ子ドモタチ』の熱心《ねっしん》な読者なんです」

そっか。ここに来たレンガくんの、いちばんの興味《きょうみ》の対象《たいしょう》は、オコジョだったのか。

オコジョはふりかえって、レンガくんを見る。

〈橋田淳は、元気？〉

レンガくんに、そういったように思えた。そのとき、ほんのいっしゅん、オコジョが一人の、とてもすてきな大人の女性《じょせい》としてすがたをあらわした、ように見えた。ケープのような服を着て、髪《かみ》は長かった。でもそれはいっしゅんだ。もう、いまはくりんとした目の、白いけもの、オコジョがこっちを見ているだけ。

「かれは元気です。でも今夜、ここに来ていただきたかった」

「じいさまは、意気地なしだ」とわたしはつぶやく。どうして、こんなすてきなひとに会いに来ないのだろう。

〈この子は？〉

「偶然《ぐうぜん》にも、橋田淳のお孫《まご》さんだそうで。野間《のま》ヒトミさん」

わたしを、フルネームでおぼえてくれてたんだね、レンガくん。……って、わたしももちろんおぼえてるけどさ。高橋《たかはし》こうじさん。

〈そうなのね。……でもヒトミちゃん。おじいさまは、意気地なしではないわ〉とオコジョはいった。

「そうですか？　あなたはここに来た。でも、じいさまは来なかった。それでも？」

〈あのひとは、ここでやるべきことは、すべてやったのよ。だから、もう、ここへは来ない。それだけのことなの〉

「橋田淳が？　……かれは、小説《しょうせつ》『夜ノ子ドモタチ』を書くために、ここへ何度か取材《しゅざい》におとずれた、といっていました。ここでやるべきことは、すべてやった、ってどういう意味です？」

するとオコジョはしばらくだまった。まるで意外なことをきいたというふうだった。

「まさか……」とレンガくんはいった。

「その、まさかだよ」とわたしはいった。「じいさまのうそに、だまされたね、高橋《たかはし》こうじさん。あの小説《しょうせつ》、わたしも読んだ。それでわかった。主人公は、森山正夫《もりやままさお》という、かけだしの心理カウンセラー。オコジョは、そのパートナーではあるけど、じつは主人公は森山正夫だったわ。つまりかれこそが、橋田淳《はしだじゅん》でしょ？　あれは、リアルな小説、ドキュメントなのよ。取材《しゅざい》じゃない。ご本人が、ここで体験《たいけん》したことを、本にしたんだ。オコジョ、そうでしょ？」

〈さすがは血のつながったお孫《まご》さんね。それとも、子どもであっても、女性《じょせい》の直感、かな？　そのとおりだわ。だからね。かれは、もう、ここには来ない。主人公ではないから。わたしでさえも、いまは道案内《みちあんない》しかできません。主人公は、あなたたち〉

そのとき、たくみの声がした。

「であるなら、その昔の本も、イクサガミといっしょに、ここで封印《ふういん》してしまいましょう。きっと、書いた本人もそれをのぞんでいるだろうから。ここからは、あたらしい主人公である、ぼくらの出番だ」

〈そのとおりね。行きましょう〉とオコジョはいった。

じいさま。あんたの本は封印されてしまうよ。泣《な》く？　いや。泣くくらいなら、ここに来ればよかったのよ。……それとも、来てる？　オコジョは、じつはじいさま？

そこまでで、わたしはじいさまについて考えるのをやめた。

がれきの散《ち》らばる、古い遊園地の跡地《あとち》。

「ここにはもう、たいしたものはないですね」とたくみ。「見るべきほどのことは見つ」

「あんみつがみっつ」とアユ。レンガくんが、くすっと笑《わら》う。

最後《さいご》のたたかいにやぶれた平知盛《たいらのとももり》という平家《へいけ》の総大将《そうだいしょう》が、自害《じがい》する前にいったことばだとか。わたしはいった。

「いやいやいや。そりゃね、平家の大将ならいいよ。いっぱいおいしいもの食べたりいい目にあってたんだろうし。でもわたしたちは、まだ自害するわけにはいかないのよ」

「そんなことは、わかってますってば」とたくみ。古典《こてん》の知識《ちしき》をひけらかしたかっただけかい。その知識っていうのはデータだから、いくらでもインプットできる。あ。逆《ぎゃく》にレンガくんは、えらいわけか。じぶんで読んでアタマに入れていたわけだしね。

先頭に、オコジョ。そのあとを、多用途《たようと》ビーム銃《じゅう》をふたたびかまえて、アユとわたし。そのあとにマモル、フジムラ、たくみ、のぞみ、レンガくん。

このならび順《じゅん》を見てアユがいった。

「レンガくんがいちばん最後《さいご》か。ヒトミ、ここはひとつ、最後尾《さいこうび》についてくれない？」

「気をつかってるの？」

「ちがうわよ。戦隊《せんたい》としては、最強《さいきょう》のコマンドが、前と後ろにつくの。最後尾のことを、しんがりっていうの。尻駆《しりが》り、つまり後ろで走るから。ほら、復唱《ふくしょう》して」

「へい。野間《のま》ヒトミ、これより、しんがりをつとめます」

「よし。しんがり、つよがり、しっかりね」

「寿司屋《すしや》のガリってさ」とマモル。「新ショウガ使うんだぜ」

「ピンクの新ガリ」

このくだらないおしゃべりをもっとしたかったけど、最後尾につく。いちおうレンガくんにあいさつ。

「ちわっす」

それから多用途ビーム銃をかまえて、右、左、と後方確認《こうほうかくにん》。

「いさましいね、ヒトミちゃん」とレンガくん。「そのファッションは?」

「いろいろありまして」とわたしはことばをにごした。

ねえねえレンガくん。わたしだよ。エンジェルだよ。隊長《たいちょう》だよ。きみを助けたんだよう。それでもって、きみとさあ……。

「いは《（わ）》で思ふ《（う）》ぞ　いふ《（う）》にまされる（口に出さないほうが、語るよりもはるかに強い想いなのだ）です」

「ほう。すごいなあ、小学生」

ほめられた。あれ。上《かみ》の句《く》が出てこない。

「なんでしたっけ、上の句」

「え?」レンガくんもどわすれしたのだろうか、絶句《ぜっく》している。

「下ゆく水、です」とたくみが口をはさんだ。こいつめ、聞いてたのか。

「心には　下ゆく水の　わきかへ《（え）》り　です。『枕草子《まくらのそうし》』にこの歌にまつわる話があります。あるとき、清少納言《せいしょうなごん》がおつかえしていた中宮定子《ちゅうぐうていし》の兄弟が失脚《しっきゃく》して、定子はつらい思いをしていたときがありました。そのとき、いちばん定子と仲《なか》のよかった清少納言は、定子おつきの女房《にょうぼう》たち、女房といっても奥《おく》さんのことじゃなくて、宮中の女性《じょせい》たちですが、味方であるべきまわりの女房たちから、いやなうわさをされ、おもしろくなかったので、中宮のもとを去《さ》って里帰りしてしまったんです。まあいってみれば、主人がいちばんだいじなときに、そこにいなかったわけですね。だからますます気まずい感じだったわけ。しばらくして、清少納言のところに、中宮から手紙がとどきます。そこには『いは《（わ）》で思ふ《（う）》ぞ』とだけ、書いてありました。口に出していわないけれど、あなたのことを信《しん》じてる、というなぞかけでしょうね。そのとき、清少納言は、この有名な歌の上《かみ》の句《く》をどわすれしてしまって、『え、なんだっけ』とあせっていたら、彼女《かのじょ》につかえている少女が、『下ゆく水、です』と教えてくれます。……さっそく出仕して、中宮にそのことを話したら、楽しくお笑《わら》いになって、それまでのわだかまりや気まずさがすうっと消えたという話です」

じんわり、きた。

「この場合、ぼくが下仕えの少女になるわけですね」とたくみ。

そうだよ。と思ったら、おかしくなった。

「下ゆく水、という表現《ひょうげん》がすばらしい」とレンガくんがいう。「ユンカース心理学によれば、人間の心の奥底《おくそこ》には、だれにも共通《きょうつう》の『地下水』が流れている。つまり、ぼくらの心は、その地下水の川のようにつながっているんだって」

「地下水……心の中に流れている川」

そうなのか。わたしの心も、アユの心も、マモルもフジムラも、そしてレンガくんの心の中にも、奥のほうに流れている川があるんだ。

「その川は、千年前にも流れていたんですね」とたくみ。「ぼくの心にも、流れてこないかなあ」

「きみが心を閉《と》ざしてなきゃ、地下水は流れてくるよ」

「じゃあ、人間はどうして戦争《せんそう》なんかするんです？　みんなの心にそんな地下水が流れているんなら、戦争なんかしないはずでしょ」

「そっか。戦争が起きるのは、みんなが、心の中で、流れを閉ざしているからだ」とわたしはいった。「つまり、水をとめているせきを、ひらけばいいんだ」

「ストップ」とアユがいった。

わたしたちの目の前に、急勾配《きゅうこうばい》の丘《おか》がそびえている。

「眉山《まゆ》、だね？」

「うん。オコジョがいってる。この小さな山をこえれば、大王《だいおう》神社だって。みんな、足もとに気をつけて。」

のぼりにくい山だ。足もとが、枯《か》れ葉《は》や腐葉土《ふようど》で、すべるのだ。

でも、やっとのことでわたしたちは、高さ数十メートルの、巨大古墳《きょだいこふん》といわれる眉山の頂上についた。

いきなり視界《しかい》が開ける。

「わお」

「八塚《やつか》市だ」

この場所じたいがかなりの標高《ひょうこう》で、目の前には、広大な夜の街《まち》がある。いや、「あるだろう」か。真っ暗で、はてしない闇《やみ》が、南の山々《やまやま》の稜線《りょうせん》までつづいているだけだ。

「おそろしいところね」とのぞみがいう。「だって、ふつうは信号《しんごう》とか、道路の街灯《がいとう》とか、コンビニとか、多少の高さのビルや、電話や電波のタワーだってあるだろうし、いくら夜遅《おそ》くても、真夜中でも、それらのあかりはついているはずよ。たとえ停電《ていでん》したって、ソーラーの非常灯《ひじょうとう》くらいはどんなビルだってついてるでしょう。それが、どこにもない！こんなことってあるの、すくなくとも二十一世紀《せいき》の日本に」

「ぼくは、お昼に八塚市についたんだけど」とレンガくんが口をはさんだ。「どことってへんてつのない地方都市だと思ったのに、とてもぶきみなことがあった」

「「「なあに？」」」

「駅から、ずっとこっち、つまり北のほうにむかって歩いたんだけど、行きかう八塚市のひとびと、町のひとびとの顔に表情《ひょうじょう》がないことに気づいた」

「マネキン人形のように？」

「うーん。どういえばいいんだろう。みんな、どこか、自由な表情を見せることをおそれている、という感じかな。まちがっても、ここにはヒトミちゃんや、アユちゃんみたいな、のびのびした小学生はいない」

「あなたは、この町ではよそものだから、めだったんじゃない？　そのせいもあったのでは？」とのぞみがたずねる。するとレンガくんは首をふる。

「だれも、ぼくには興味《きょうみ》も関心《かんしん》も持っていないように思えた。にもかかわらず、おたがいに、それぞれじっと監視《かんし》したり、されたりしているようだった。つまり、もしもぼくにだれかが話しかけたりしたら、その人は、ほかの市民《しみん》から、いっせいに凝視《ぎょうし》されることになるだろうという、そんな緊張感《きんちょうかん》があったんだ。だから、みんな表情《ひょうじょう》がない、というふりをしなければならない。そんな顔つき。……わかるかなあ」

なんという町だ。

「昼間に来なくてよかった。そんなの、こわいよ」

「おたがいに、監視しあっているんだ」と、たくみ。「だれもが権力《けんりょく》にさからえない、さからわないように。そして、さからったものは、かならず密告《みっこく》され、拘束《こうそく》される」

「ミッケ！　みたいな」とアユ。そんな明るいものじゃないだろう。

「八塚《やつか》市は、町ぜんたいが大きな強制収容所《きょうせいしゅうようじょ》なんだ」と、たくみがいった。

「そっか。そして、日本ぜんたいを、大きな強制収容所にしてしまおうとしているんだ。

それが、イクサガミの復活《ふっかつ》ということなのか」とマモル。

　フジムラがいった。

「やっと、なんというか、ピースがおさまった」

「あたしにわかるように説明《せつめい》して。なぜ、イクサガミは、みんなをそういうふうにしたいわけ?」

　フジムラが答える。

「戦争《せんそう》をしたいから。だれも反対しないように」

「うーん」とわたしは考えこんだ。

「どうしたの、ヒトミ。思ってることは、なんでもいいなよ」とたくみ。そのことばにはげまされ、わたしはいった。

「あのね。そんな、おたがいに監視しあって、いいたいこともいわずに、だれもが表情をなくして……そんな状態《じょうたい》で、戦争って、できるものなの? 戦争に突入《とつにゅう》するときって、もっと、なんかこう、熱狂的《ねっきょうてき》なものじゃないの? ほんとに戦争したいんだったら、そんなふうにはならないような気がするんだけどな」

「いい指摘《してき》だと思う。ぼくが答えるとしたら、こうかな。あのね、こんなふうにおさえつけるわけだよね、ひとびとを」とレンガくんが両手のジェスチャーをまじえながらいった。「そしたら、どんどんみんな、おさえつけられて、うっくつして、行き場がないと感じる。がまんするわけさ。そう、ちょうどきみたちが、保育園《ほいくえん》の砂場《すなば》で、おりこうさんに遊んでいたときのように……」

「あ」とわたしはいった。「爆発《ばくはつ》する前、か」

「そう。そして、ずっとおさえつけられてきた、すべての感情《かんじょう》が、こらえきれずに爆発する。こうして戦争《せんそう》がはじまる。もう、だれにもとめられない。理屈《りくつ》も何もあったもんじゃない。みんな、興奮《こうふん》して酔《よ》いしれる。そして、大きな悲劇《ひげき》の幕《まく》が切っておとされる」

「それまでの日々《ひび》が、つらく、いやなものであればあるだけ、その興奮と熱狂《ねっきょう》は大きくなるんだろうね」とのぞみ。

「なるほど」とわたしはいった。「だったらたぶん、戦争する相手の国……つまり、敵《てき》の国のひとびとも、同じように巨大《きょだい》な強制収容所《きょうせいしゅうようじょ》になってる、ってことなんだね」

「相手のほうが、もっともっときびしくて、つらい収容所の生活を毎日送っていたりするかもしれない」

「できたばかりの国でも？」と、わたしは「北華人民共和国《ほっかじんみんきょうわこく》」のことを思い浮《う》かべながらいった。

「できたばかりの国なら、なおさら力づくでおさえることが多いはずだよ」とたくみがいう。「どんな理想をかかげた国も、最初《さいしょ》は、体制《たいせい》を確立《かくりつ》するために、ものすごいしめつけをおこなうものなんだ。リーダーは、政権《せいけん》をとるために協力《きょうりょく》しあった仲間《なかま》であろうと同志《どうし》であろうと、ライバルや政敵《せいてき》を殺しまくる。そんなとき、疑心暗鬼《ぎしんあんき》の国民《こくみん》はどうなるか。戦争でもしなきゃ、やってられない」

ある意味、そういうものから解放《かいほう》されるのが、戦争なのか。

だとしたら、逆《ぎゃく》に、戦争をしなかったら、ひとびとのうっぷんは、どこで晴らすことができるのだろう。

「日々《ひび》のくらしが幸福《こうふく》であれば、うっぷんはたまらないはずなんだけどね」

「うーん。むずかしいな」と、レンガくんはいった。「幸福なように見えても、ひとびとはそれぞれ、それなりにつらいことをかかえている。ごくふつうに、朝のラッシュで電車に詰《つ》めこまれていても、殺意を持つ人はいる」

「それでも、戦争《せんそう》への狂気《きょうき》はゆるされない」とフジムラはいった。

「人間の子どもはまともなのに」とたくみ。「長い長い歴史《れきし》があって、なんどもなんどもまちがいをおかして、でも、大人《おとな》たちの戦争はなくならない。もうそろそろ、こんなに有害《ゆうがい》な生き物は、表舞台《おもてぶたい》から消えたほうがいいんじゃないの?」

「やめてよ」とわたしはいった。「すくなくとも、わたしたちは進歩している。戦争が悪いことだと知っている」

そのとき、アユの声が、さわやかにひびきわたった。

「降《お》りるよ。この下が大王《だいおう》神社」

小山をすべるように降りる。古びたおやしろだ。

〈この神社の拝殿《はいでん》に、古墳《こふん》の玄室《げんしつ》への入り口がある〉

オコジョがいった。

〈わたしに力を〉

「どういうこと?」とアユがたずねる。「オコジョ、あなた一人でイクサガミとたたかおうとしているの？」

〈そうはいわないわ。でも、昔わたしがここに来たとき、わたしには、ともにたたかう仲間《なかま》がいた。いっしょにすごし、心を通わせた同志《どうし》ともいえる子どもたちと、友である橋田淳《はしだじゅん》がいた……。そして、わたしたちは必死《ひっし》でイクサガミを封印《ふういん》した。……その結果《けっか》、戦争はおきなかった。でも、いま、あなたたちの力がどれほどのものなのか、わたしにはわからない。だから、不安《ふあん》なの。ごめんね、いいなおすわ。わたしに力を、ではなく、あなたたちに、力を、なのです〉

「わたしたち、といってよ」とアユがいった。「そんな、外のひとみたいないいかたしないでよ。ねえ、オコジョたちが昔、ここでたたかったとき、あなたたちといっしょにいた子どもたちと、わたしたちは、そんなにちがう？　わたしたちって、そんなにたよりないですか？」

オコジョはアユを見た。それから、じゅんばんに、マモル、フジムラ、わたし、それからのぞみとたくみを見た。

〈いいえ。あのとき、わたしと橋田淳は、じぶんのことでせいいっぱいだった。だから子どもたちとむきあうといいながら、それがちゃんとできていたかわからない。あのとき、わたしたちは、ほんとうに子どもたちのために、行動したのだろうか？　もしかしたら、わたしたちがいなくても、子どもたちは、きちんとイクサガミにむきあえたかもしれない。いいえ、きっとそうよ。そして、いま、あなたたちは、大人《おとな》の力を借《か》りなくても、ここにやってきて、たたかおうとしている。……あなたたち、子どもなのに、みんな、くっきりしている。一人ひとり、とってもくっきりして、ここに立っている〉

くっきりしてるって、なんなの。するとレンガくんがいった。

「たしかに、あなたのいうとおり、この子たちは、一人一人がすばらしく個性的《こせいてき》だ。それだけじゃない。おたがいに、心の底《そこ》で、……そう、まるで地下水がつながっているみたいに、みんな、信頼《しんらい》しあっているように思えます。それは、イクサガミとたたかうとき、この子たちのりっぱな武器《ぶき》になるように思えます」

オコジョはレンガくんを見る。

〈なにもかもがことなるのに、過去《かこ》と比較《ひかく》しても意味がないわね。ごめんなさい〉

「あやまることはありません。ですから、この子たち、ぼくもふくめて、大丈夫《だいじょうぶ》ですよね？　いや、何が大丈夫なのか、これから何がおきるかは、わかりませんが、少なくとも、何かとたたかう準備《じゅんび》は、できていると思います」

オコジョは、うなずいた。

大人の女性《じょせい》が、ふっと笑顔《えがお》でわたしたちを見つめた、ような気がした。

緊張《きんちょう》がとけ、わたしたちもほっとする。アユがいった。

「どうやら、オーディションに受かったみたいだぜ」

「アユにしては、かっこいい決めぜりふだなあ」

「すまん。借《か》りものだ。ビルの屋上ライブのあとで、ジョン・レノンがいうのよ。『ゲットバック』うたったあとに」

「あのね。わたしたちのライブは、これからなんだよ」

10 心の底《そこ》を流れる川

拝殿《はいでん》の中に入る。ここも真っ暗だ。

「マモルみたいな、暗視《あんし》ゴーグルがほしい」とアユ。のぞみがいった。

「その、多用途《たようと》ビーム銃《じゅう》の、照準器《しょうじゅんき》のところに、ちいさなスイッチがあるでしょ。それ、ミニライトだから、つけてみて」

「なんで早くいってくれないの！」

「まあ、外では、その光を見たら、だれに気づかれるかわからないからね」

カチッ。

ミニライトの光はちいさかったが、この暗さの中では十分だ。まぶしいとさえ感じる。

スイッチを二度押《お》しすると、銃の先に指向性《しこうせい》があるライトにかわる。

オコジョがいった。

〈床《ゆか》のどこかに、板がはずれるところがあるはずだけど。さがしてみて〉

「そもそも、この床板《ゆかいた》、ぼろぼろじゃないの」とマモルが、部屋の真ん中あたりの床をとん、とふんだ。べきっ、と音がする。

「うわっ」

「ふみはずさないでよ」

「いや、この板、はずれるよ。……階段《かいだん》だ！」

板をどけて、マモルは下におりる階段を発見した。

「『夜ノ子ドモタチ』の玄室《げんしつ》シーンと同じだね」とレンガくんは感無量《かんむりょう》といった調子でいう。

「ここに、入っていくの？」

「うーん、気がすすまないなあ」

「ごちゃごちゃいわない！」と、アユが階段をおりようとする。たいしたもんだ。

でも、オコジョはもう、先におりていった。

わたしたちは、おっかなびっくりで、急な勾配《こうばい》の階段《かいだん》をおりる。

その階段は、どうやら、いま来たばかりの眉山《まゆ》にむかっている。

「『夜ノ子ドモタチ』のころから、半世紀《はんせいき》ほどたっている。ここは一度か二度、修復《しゅうふく》されているようだ」とレンガくん。

「だれによって?」

「八塚《やつか》市のひとでしょう。神社だって、守られてきたわけだしさ」とフジムラ。

「じぶんたちをおさえつけている、イクサガミを守るために、ねえ……」とわたしはつぶやく。階段をおりると、しきられた、エレベーターのようにせまい場所。オコジョが、正面の壁《かべ》にむかって立つ。石垣《いしがき》のようだ。

〈だれか、この石を押《お》してみて〉

ずん。

押したのがだれかわからない。でも、石のひとつが、からくりのドアのようになっていた。茶室のにじり口のように、背《せ》をかがめないと入れない入口があらわれた。

「ここから入るの?」とアユがためらっている。「で、入ったら、そこにイクサガミが待ってるとか?」

「だれでもいいから、早く行って」のぞみがちょっといらついて、いう。

「行くわよ」

わたしはミニライトをつけた銃《じゅう》をかまえ、しゃがんで入る。

おお。

「ここが玄室《げんしつ》か!」

「どうなってるの?」と、むこうでアユ。

「ちょっと広い。天井、高い。ほかにはとくになさそう……。来てもいいよ」

飛鳥《あすか》の、石舞台《いしぶたい》のような、巨石《きょせき》が組まれた玄室。古墳《こふん》であれば、石棺《せっかん》が置《お》かれていたであろう場所。みんなが、ぞろぞろとにじり口から入ってくる。

「うわ。出た!」

「何が何が何が!」とアユが恐怖《きょうふ》にかられた声。

「あそこ……」わたしがライトをむけた先に、何かがいる。

なぜか、いままで気づかなかった。

その物体は、玄室《げんしつ》の真ん中にうずくまっているみたいだ。

「動かない」とマモル。「置《お》き物じゃないの？」

近よる。ミニライトのあかりに、ぼんやりとかたちがわかる。

「埴輪《はにわ》の、兵士《へいし》だ……」

それは、橋田淳《はしだじゅん》の小説《しょうせつ》『夜ノ子ドモタチ』の表紙にあった、埴輪の兵士像《ぞう》だった。わたしたちの背《せ》たけくらいの高さ、ふたつの目と、口は空洞《くうどう》になっている。

「こ、これがイクサガミ？」とマモル。

「じゃ、これを、封印《ふういん》して、さっさと帰ろうよ！」とアユ。

「そんなにかんたんにはいかないでしょう」とフジムラ。「そもそもどうやって……っていうか、封印ってどうするんだよ」

「おまじない、とか？」とアユ。「イクサガミ、もうお帰り、とか」

「きゃっ」とわたしはちいさく悲鳴をあげた。「この埴輪、動いた」

「まさか」

「肩《かた》が。ちょっとだけ。生きてるよ、これ」

そのとき、まるでホラー映画《えいが》のお約束《やくそく》のように、多用途《たようと》ビーム銃《じゅう》の先のミニライトが消えた。玄室の中は、真っ暗になる。わたしたちは、声にならないさけびをあげた。

〈すべての用意が整った〉

オコジョの声ではなかった。けれど、オコジョの声のように、みんなに、そのことばは届《とど》いていた。みんなに声が届いているということも、同時にわかった。

〈ここは、特別《とくべつ》な空間なんだ〉とわたしは思った。それが、そのまま声になって、みんなに届いているのがわかる。なんというふしぎな場所だろう。

〈地下水どころじゃないね。ここでは、空気でさえも、みんな、おたがいの心につながっているんだ〉レンガくんだ。

〈でもさ、考えてみれば外の世界だって、あたしたちは同じ空気をすってるじゃない〉

〈ちがいない。でも、外の世界では、口を開かなきゃ、ちゃんとことばは通じない〉

〈なのにここでは、思っただけで通じてる〉

マモルがそういったとき、オコジョの声がした。

〈つまりはそれが、イクサガミがここに来ている、というあかしなの〉

〈どこに？　埴輪《はにわ》の置《お》き物のこと？〉

〈ちがう。この、八人の中に、イクサガミがいるということなの。この八人の中の、だれかに『イクサガミ』がのりうつった、ということなの〉

〈だれかが、いま、のりうつられたの？〉とわたしはいった。〈なんなのよ、それ。イクサガミって、ここで待ってたの？　わたしたちを〉

「ソウイウコトダ」

その声は、オコジョではなかった。レンガくんの声でもなかった。

〈なんだよ、いまの声〉とマモル。〈だれがいったんだよ〉

「ワタシダ」

〈イクサガミね〉アユ。

「ソウダ」

〈は、はじめまして〉

思わずアユのあいさつに笑《わら》いそうになる。

〈あのですね、イクサガミさん、あたしたち、あなたを封印《ふういん》に来ました〉

おい、アユ。

「ソレハチガウ」

〈何か、ちがってました？〉

「オマエタチガ来タノデハナイ、オマエタチハ、ワタシニ呼《ヨ》バレテ、ココニキタノダ」

いや、べつに呼ばれたわけじゃないと思うけど。でも、なんのために呼ばれたの？

「ワタシガ、復活《フッカツ》スルタメニ。ソシテ、コノ国ヲ、イクサニ導《ミチビ》クタメニ」

まちがってなかったんだ。

ここへ来たのは、まちがいではなかった。こういうものが存在《そんざい》しているのだ。

この八塚《やつか》市に、イクサガミなるものが存在し、それは、この国を戦争《せんそう》にまきこむために、じぶんを復活させようとしていたのだ。

「平和ナ時代ハ、長カッタ。平和ニハ、飽《ア》キタ。ウンザリダ。戦争ガシタイ。戦争ヲシテ、人々《ヒトビト》ヲ熱狂《ネッキョウ》サセ、生キル糧《カテ》ヲアタエタイ」

〈おお、やっと通じたよ〉とたくみの声がした。〈みんなの波動が、ここではひとつに

なっているんだね。ぼくの声も、のぞみの声も、なんとか仲間入りできる〉

あら、よかったわね。これで、全員だわ。

〈戦争《せんそう》したい、ですって。おかしなことをいうのね。生きる糧《かて》をあたえたい？　ちがうでしょ。ひとをたくさん、殺したい、でしょ？〉とのぞみ。

〈それがきみの本質《ほんしつ》なんだね。つまりは、人間のもつ、戦争からはなれられない本質〉とたくみ。〈なんとまあ、こまった神さまもいたものだ〉

イクサガミの声がすこしかわった。きっと、のぞみとたくみがくわわったせいだ。

「死ト生ハ、隣《トナ》リアワセダ。ヒトガ死ヌカラ戦争ハ悪イ、ヒトガ死ナナイカラ平和ガイイ、ナドトイウノハタダノヘリクツダ。ダレダッテソンナコトハワカッテイル。平和ナクラシモ、戦火《センカ》ノモトデノクラシモ、ドチラモクラシダ。奴隷《ドレイ》ガイイカ、野性《ヤセイ》ノ自由ガイイカ。クラベテミレバワカル。野性ノ自由ダ。ソレガ、戦争ト平和ノタトエダ」

ほほう。と、レンガくんの声がした。

「強《し》いられてひとは戦争するわけです。平和なときの生活を、奴隷だなどといって、戦争を正当化《せいとうか》できるわけではありません」

あれ？　なんかふと、レンガくんのことばに違和感《いわかん》を持った。わたしはいった。

「強いられて戦争するひとに、野性であれなんであれ、自由なんてないよ！」

「ホームルームデハナイ。モウイイダロウ、話ハ終ワリダ。コレカラ、外ニデヨウジャナイカ」

どういうこと？

〈どうやら、イクサガミは、この中のだれかにとりついたんじゃないのかな〉とのぞみがいった。〈だとしたら、まずいな〉

〈だれにとりついた？〉

〈やめてよ。もしもイクサガミがとりついた子がいたとしても、その子が名乗ると思う？　とりつかれました、ってさ〉

〈ありえないだろうね。だったら、みんなで推測《すいそく》するしかないな。たとえば、たくみにとりついたかもしれない、とか〉と、のぞみがいう。なんだそれは、とわたしは思った。

するとたくみがいった。

〈ああ、ありうる話だね。ぼくと、そのイクサガミとやらは、ちょっと、似《に》た存在《そんざい》では、

あるかな」とたくみ。「ぼくはDEMON《デーモン》から生まれた。そして地球をほろぼそうと、一度は考えた〉

たくみ！

〈でもいまはちがう。人間を知りつくしてから、結論《けつろん》を出そうと思ってる〉

するとのぞみがいった。

〈わたしは、DEMONとたたかおうとしている。この、なんのかかわりもない子どもたちを、わたしの仲間《なかま》にひきいれてまで、それをしようとしているのは、DEMONが、地上の害悪《がいあく》にほかならないと知っているからよ。でも考えてみれば、戦争《せんそう》を起こそうとしているイクサガミは、かなりDEMONに近い存在《そんざい》ね。……まさか。もしかして、イクサガミは、すでにDEMONと合体してるの？〉

〈〈〈〈まさか！〉〉〉〉

〈ありうるよ、のぞみ！〉とわたしはいった。〈勾玉島《まがたま》に、B《ビー》－29の基地《きち》をつくったのはDEMONでしょ？　そのB－29編隊《へんたい》が、八塚市《やつか》を爆撃《ばくげき》しようとしたことを知っているのは、イクサガミだけのはず！　DEMONがイクサガミと合体したという証拠《しょうこ》！〉

〈おおっと！〉と、のぞみの声をさえぎるように、レンガくんの声がした。

〈もうわかった。イクサガミの正体も〉

〈どういうことですか？〉

〈結論《けつろん》を出してもいいかな。この中にイクサガミがいる。それがだれか、ってことを〉

〈だ、だれなんですか？〉

〈八塚市の北、大王《だいおう》神社の背後《はいご》にそびえる、二つの半球形の丘《おか》。数字の8。おわかりのように、同じ大きさの○が二つ。大昔からここにいたイクサガミは、相反《あいはん》するふたつの考え、ふたつの特徴《とくちょう》を持った、独特《どくとく》の存在だ。そう。イクサガミは、戦争をする神ではなく、じつは戦争と平和の、両方の神さまであり、つねにそのバランスをとっていた。

イクサガミとは、いくさをつかさどっているものなのだ。

いま、まさにそのバランスはくずれ、戦争にむかって大きく軸《じく》がかたむいている。

そのときに、イクサガミは、きみたちをえらび、きみたちをここへ呼《よ》んだ。

なぜか。おそらくイクサガミは、ここから外に出るために、きみたちのだれかの力によって、おのれの封印《ふういん》を解《と》いてもらわねばならないからだ。

いぜん、封印《ふういん》をしたのは、かの『夜ノ子ドモタチ』に登場した八人だった。
でももう、その効力《こうりょく》はうせたにちがいない。年月がたち、橋田淳《はしだじゅん》もここへは来ない。
オコジョにいたっては、人間としてのかたちもない。
そこでイクサガミは、きみたちをここに呼《よ》び、その中の一人を『イクサガミ』として
えらび、ここから出て、戦争《せんそう》をはじめようとしている。
となると、イクサガミがえらぶ一人とは、だれか。
もしも、ぼくがイクサガミなら、答えはかんたんだ。
この中で、戦争と平和のふたつの輪《わ》を心に持ち、つねにゆらいでいる存在《そんざい》。
その子の心をつかめば、戦争をおこすのはかんたんだ。
もう、わかっているだろう、きみたちも。
ぼくはその子をひとめ見たときにわかったよ。なぜか？　理由はかんたんさ。いつも
迷《まよ》っている子だから。でも、その子は戦争が好《す》きなんだ。平和ではなく。
この子が、イクサガミにちがいない。
だれだと思う？〉

おそろしいことがおきた。
レンガくんがしゃべりおえたとたん、玄室《げんしつ》の中に、みんなの声がとどろいたのだ。

ヒトミ　ヒトミ　ヒトミ　ヒトミ　ヒトミ　ヒトミ　……！

〈なんでわたしが、イクサガミなのよ！〉

するとふたたび、レンガくんの声。

〈いまから、この子を、玄室の底《そこ》の、穴の中にとじこめて、封印しよう。この子を連《つ》れて、外に出たが最後《さいご》、イクサガミがこの子とともに、外に出てしまう。
さあ。おいで、ヒトミ〉

いっしゅんの沈黙《ちんもく》。
いつのまにか、埴輪《はにわ》の兵士《へいし》の像《ぞう》が消えている。そこに黒い穴があいていた。
黒い穴。
なんだか、見おぼえのある、黒い穴。
わたしは、この穴を知っている、ような気がする。
ここにイクサガミをつきおとせば、イクサガミを封印《ふういん》することができる。
そのことをわたしは知っている。
なぜ？　わたしがイクサガミだから？
そして、この黒い穴に閉《と》じこめられるのは、わたしなのか？
そうすれば、戦争《せんそう》は起きない？　わたしがイクサガミだから？

ヒトミ　ヒトミ　ヒトミ　ヒトミ　ヒトミ　ヒトミ　……！

〈わたしが、イクサガミ……〉

ヒトミ　ヒトミ　ヒトミ　ヒトミ　ヒトミ　ヒトミ　……

なんだか、泣《な》きそうだ。そんなはずはないと思っても、一方でそうにちがいないと思うじぶんがいる。

わたしは、イクサガミなのだ。

平和も好《す》きだ。でも戦争も好きなのだ。きっと。だから戦争しようと思っているんだ。

何もかも、わたしがまねいた。それなら、わたしは、あの穴に、暗い穴に封印されればいい。

だって、それでいいんでしょ?

いいよ、もう。

……やだ！　あそこに入りたくない！　あんなところですごしたくない！

涙《なみだ》が出てきた。

やだやだやだやだやだやだ！

涙《なみだ》がとめどもなく流れる。
みんなとわかれたくない。
みんなといっしょにいたい。
わたしはだめな子かもしれないけど、みんなといっしょにすごしたい！

ヒトミは、だめな子なんかじゃない！

……アユ？
ヒトミ、大好《だいす》きだよ！
ヒトミがたとえなんであっても、もうヒトミを泣《な》かせたくない！

ヒトミ　ヒトミ　ヒトミ　ヒトミ　……

みんなの声がきこえる。さっきまでみたいに、わたしを指さし、糾弾《きゅうだん》する声ではなく、わたしに手をさしのべ、助けようとする声。

みんな！

アユ。マモル。フジムラ……。

ぼくらは、なにがあってもヒトミを助けるよ！

もちろん！

だれかの手がふれる。その手がだれかの手をにぎっている。

わたしは、みんなとつながっている。

涙があふれる。でも、それは、うれしい涙。

わたしの目から、涙という水があふれて流れだしている。

わたしの涙が、みんなの心へと、じかに流れていく。

ありがとう、みんな。

もう、大丈夫《だいじょうぶ》だよ。わたしは！

〈わたしは、イクサガミなんかじゃない！〉

立ちあがる。

それから、見えない闇《やみ》にむかって、人差し指をまっすぐにのばした。

〈あなたは、わたしをイクサガミにして、ここに封印《ふういん》するために、このひとにとりついたんでしょ？〉

どうして、ヒトミ、そんなことが？　このひとは……？

みんなが、疑問《ぎもん》の声をあげている。

〈論《ろん》より証拠《しょうこ》だ！〉

わたしは、闇の中で、両手を水平にのばし、まるで戦闘機《せんとうき》のように上下にバンクした。

「ぶるるるるるるん……」

プロペラのかわりに口を振動《しんどう》させ、ゆっくりと飛《と》ぶ。みんなが、身をかがめて、わたしをさけるのがわかる。

そう。ここは大空だ。でも目の前に黒い穴があいている。

その穴は、目の前のレンガくんにかさなる。

「あなたがイクサガミじゃなかったら、わたしをうけとめて！」

レンガくんの顔がひきつっている。

うけとめる、といってよ、レンガくん！

なぜそこで恐怖《きょうふ》にかられているの！

「うけとめられないんなら」わたしはさけんだ。

「地獄《じごく》におちろ！」

そのとき、レンガくんのゆがんだ顔の後ろに、いっしゅん、ちがう顔が見えた。

「おいで！」と、その顔はいっていた。両手がさしだされる。

「行きます！」とわたしはさけんだ。

ジャンプ！　ぶつかる！

うあああああああああああああぁぁぁぁぁぁ……！

だれかが、断末魔《だんまつま》のさけびをあげながら、暗い穴の、はてしない底《そこ》におちてゆく。


「終わった」

だれかがわたしの銃《じゅう》をとり、ミニライトをつける。

「おおー。愛《あい》だね」とアユ。

何をいってるんだと思ったら、わたしが、レンガくんを押《お》したおして、上にのっかっているではないか。

「あ、あわわわわ！」

必死《ひっし》でとびはねて、レンガくんからはなれる。

「いいじゃないの。もうちょっとだっこされてれば。あ、いたっ！」

「もっとけとばされたいの、アユ」

「イクサガミに憑依《ひょうい》されていたのは、このひとだったんだ」たくみがいった。

レンガくんはわたしにむかって手をさしだした。

「申《もう》し訳《わけ》ないが、一人で立ちあがれなくて」

わたしはかれの手をとって、助けおこす。

「この前と反対だね」

「ヒトミ……ちゃん？」レンガくんはふしぎそうな顔をした。

「ねえ、王子さまは、まだわからないの？」と、アユ。

わたしはふりむいて、くちびるに指をあてていった。

「おだまり」

アユは首をすくめ「あい」と返事した。

エピローグ　平和の讃歌《さんか》

それでも、戦争《せんそう》ははじまろうとしていた。

残念《ざんねん》なことにレンガくんを空母せたたま小学校に乗せてあげるわけにはいかなかった。
浮揚装置《ふようそうち》の容量《ようりょう》がもたないからなんだって。

そんな微妙《びみょう》な話？

「そんなもん、どうにでもなるでしょう！」とわたしがいうと、のぞみはなにやらぶき
みな笑顔《えがお》を浮《う》かべていった。

「もうひとつ、乗せられない理由がある」

「何よ」

「かれは、せたたま小学校の生徒《せいと》ではない」

わたし以外《いがい》全員が「「「「なるほど」」」」とうなずいた。

「じゃあ、オコジョは、どこ?」

のぞみがいった。

「いない。どこにも存在《そんざい》の気配がないわ」

するとアユがいった。

「オコジョはきっと、橋田淳《はしだじゅん》の本の中にもどったのよ」

わたしは、その考えはすてきだと思った。

わかれるとき、レンガくんはいった。

「いろいろ、ありがとう。……あのね、ヒトミちゃん。ぼくにはわすれられないひとがいるんだけど、そのひとは、きみと、とてもよく似《に》た目をしていて……」

「そのひととキスしたんでしょ」とわたしはそっけなくいった。

レンガくんは、目を丸くした。

アユがうしろで大きな声を出す。

「行くわよヒトミ！」

心の中でだけ、つぶやく。

……きっとそのひとも、わすれてないよ、レンガくん。

「よく、がんばった」

タラップをのぼるわたしにアユが手をのばす。

「一人でのぼれるもん」

いったら泣《な》きそうになった。だからすなおにアユの手をとった。

そしたらアユは、やさしくハグしてくれた。


空母せたたま小学校は、わたしたちを乗せ、ふたたび空たかく浮《う》かびあがる。

艦長室《かんちょうしつ》で、わたしたちは立体地図を前に作戦会議《さくせんかいぎ》を開く。

「さて、最後《さいご》の任務《にんむ》だ」とのぞみ。「いよいよ、戦争《せんそう》をやめさせなければならないけど、どうしたものかね」

「さっきの、玄室《げんしつ》の中でのできごとが、そのヒントなんだと思います」

そういったのは、フジムラ。

「つまり？」

「それがわかれば苦労《くろう》はしません」

「『おいっ！』」とわたしとマモル。

そのときだ。

「レンガくんから、連絡《れんらく》が入りました」とたくみ。

「レンガくんからレンガくんが連絡をくれたのね」声がうわずる。

「へんなところにレンガくんをはさむなよ。それで？」

声がきこえてくる。

「……まだ、八塚《やつか》市上空にいるよね？　だったら、ちょっと下を見て」

わたしたちはレンガくんの声にしたがって、艦橋《かんきょう》のガラス窓《まど》に近づき、そこから真下の八塚市を見る。

「……おおっ！」「これは？」

ぽつり、ぽつり、と、八塚《やつか》市の市街《しがい》に、あかりがともっていく。

「どういうこと」

みるみるうちに、そのあかりはふえ、夜の町だった八塚市は、どこよりも明るい光がかがやく町へとかわったのだ。

「……それだけじゃない」とレンガくんはいった。

「なんと、みんなが外出している！　まるで夜の町を楽しむかのように。おお、みんなの顔が、ぜんぜんちがう！　石のように表情《ひょうじょう》をなくした顔じゃない。ぼくにあいさつするひとがいる！　笑顔《えがお》だ！　八塚のひとたちは、呪縛《じゅばく》から解放《かいほう》された！　やっほう！」

レンガくんは、興奮《こうふん》していた。

「でも、どうして？」

フジムラがいった。

「さっきの、玄室《げんしつ》の中のことは、ぼくらの心がうけとめただけじゃないんだ……地下水のように流れだして、八塚のひとたちの心の中へと流れていったんだよ！」

「そ、そうなの!?」

「やっほう！　なんてすてき！」とアユがとびあがる。

わたしたちは、その場でくるくるとおどった。

「やったね！　夜のタブーが消えたんだ！」

たくみが冷静《れいせい》にいった。

「……つまり、それが、ヒント、ってこと？」


空母せたたま小学校は、日本列島《れっとう》を横ぎり、日本海上空に出る。

日本海北方、大陸《たいりく》からおよそ百五十キロ、日本からは五百キロの地点。

そこが、戦争《せんそう》の現場《げんば》だ。

ちいさな無人島《むじんとう》を前にして、ふたつの国の艦隊《かんたい》が対峙《たいじ》している。

一方に、北華人民共和国《ほっかじんみんきょうわこく》の海軍艦艇《かいぐんかんてい》。

輝春港《きしゅん》から出撃《しゅつげき》した、揚陸艦《ようりくかん》数隻《せき》と、護衛駆逐艦《ごえいくちくかん》、ヘリ空母。

北華艦隊は、さかんに、日本の艦隊へ、無線《むせん》による威嚇《いかく》をおこなっている。単純《たんじゅん》な文句《もんく》が日本語に翻訳《ほんやく》されて、くりかえし放送されていた。

「コチラ、北華人民共和国海軍《ほっかじんみんきょうわこくかいぐん》デアル。ソチラ、日本ノ艦隊《かんたい》ノ兵《へい》ニ告《つ》グ。今スグ帰レ。ココハ我々《われわれ》ノ島、輝春《きしゅん》島デアル。スデニオマエタチハ、我々ノ領海内《りょうかいない》ヲ侵《おか》シテイルノダ。今スグ帰レ」

これに対して、日本の艦隊は護衛艦《ごえいかん》二隻《せき》、ヘリ空母三隻からなる艦隊でむかえ撃《う》つ態勢《たいせい》をととのえていた。おそらく海底《かいてい》には、日本のほこる潜水艦部隊《せんすいかんぶたい》も、その魚雷発射管《ぎょらいはっしゃかん》を北華海軍の軍艦《ぐんかん》にむけて、ぴたりとロックオンしているにちがいない。

洋上には、海上保安庁《かいじょうほあんちょう》の巡視船《じゅんしせん》も数隻待機《たいき》して、不慮《ふりょ》の事態《じたい》にそなえ、また、報道《ほうどう》のヘリコプターと、報道関係《かんけい》のチャーター船と思える民間船《みんかんせん》がこれまた数隻、島の周囲《しゅうい》から数キロの地点に洋上停泊《ていはく》していた。

そこから数キロはなれた地点に、空母せたたま小学校、ぶじ着水。

「あれ、中継《ちゅうけい》してるんじゃないかな。テレビつけてみ」とマモルがいう。立体テレビにうつしだされたのは、まさにこの状況《じょうきょう》だった。報道のカメラは、ちいさな春島《はる》と、そのむこうに展開《てんかい》している北華海軍の軍艦をとらえている。そこへ……。

「番組のとちゅうですが、新しいニュースです。海上保安庁の情報筋《じょうほうすじ》によりますと、春島近海、すなわちこの緊迫《きんぱく》の現場《げんば》からほど近いところに、巨大《きょだい》物体がレーダーで捕捉《ほそく》されたとのことです。現地《げんち》の横尾《よこお》さん、そちらからは見えませんか？」

現地の報道船からの映像《えいぞう》がうつる。

「こちら現地の横尾です。ごらんのように、日本海はいちめん天気晴朗《せいろう》なれども波高し、という状況ですが、いまのところ、そのような艦船《かんせん》は、ここからは目視《もくし》できません。あいかわらず、春島を中心に、両国の艦船がにらみあいをつづけています。もしかしたら米軍《べいぐん》の原潜《げんせん》か、原子力空母かもしれません。アメリカはいよいよ介入《かいにゅう》を決めたのでしょうか」

立体画像《がぞう》はスタジオにうつる。

「これは新しい状況ですね。アメリカの介入ということは何を意味しますか？」

「まだ、アメリカと決まったわけではないでしょう。ロシアかもしれませんし、北華人民共和国の独立《どくりつ》をこころよく思わない、中国《ちゅうごく》軍の艦船かもしれません」

「もしかすると、日本と北華人民共和国の、島をめぐる紛争《ふんそう》にとどまらず、アジア全体の、大きな戦争《せんそう》に突入《とつにゅう》する、なんてことは？」

いつも登場する、ゲジゲジ眉毛《まゆげ》のおじさんコメンテーターがいう。

「いや、それはありえないと思います。どの国も内政《ないせい》はたいへんな状態《じょうたい》がつづいていますから、戦争《せんそう》どころではないはずです」

「そうですよねえ……」

「のんきなこと、いっちゃって」とマモル。「いま、戦争がはじまろうとしてるのに」

「では」と、たくみがいった。スイッチを押《お》す。

テレビの画面がかわる。

「臨時《りんじ》ニュース、臨時ニュース。たったいま入ったニュースです。日本海沿岸《えんがん》の十五か所の国防軍基地《こくぼうぐんきち》にむけて、北華人民共和国《ほっかじんみんきょうわこく》のミサイルが発射《はっしゃ》されたということです。一部は国防軍イージス艦《かん》の迎撃《げいげき》システムに捕捉《ほそく》されており、撃《う》ち落とされるか、空中で破壊《はかい》されるものと見られています。また、弾道《だんどう》ミサイルも発射されたことが衛星探知《えいせいたんち》によってあきらかになりました。これらは日本の都市部を目標《もくひょう》にしていると思われます」

スタジオで悲鳴があがり、画面のひとびとがこおりついている。キャスターが口を開いた。

「どうやら、本格的《ほんかくてき》な戦争に突入《とつにゅう》したもようです。みなさん、おちついて行動してください。また、今後のニュースにご注意ください」

「いや、これは……まさか……ほんとうに」

「やってくれたなあ。当然《とうぜん》ながら、わが国は報復《ほうふく》するべきだ」

「迅速《じんそく》な対応《たいおう》が求《もと》められますね」

コメンテーターたちは、怒《いか》りに燃《も》えているように、声をあらげている。

するとさらにニュース画面が。

「先ほどのニュースの続報《ぞくほう》です。日本海沿岸の原子力発電所、すくなくとも五基《き》の発電所が炎上《えんじょう》し、黒煙《こくえん》があがっているとの情報《じょうほう》が入りました。どうやら北華人民共和国の通《つう》常《じょう》ミサイルが目標としたのは、日本海沿岸の国防軍基地ではなく、原子力発電所のようです。さらに、……こっ、こちらは太平洋《たいへいよう》沿岸のいくつかの原子力発電所で、停電事故《ていでんじこ》が発生しました。周辺《しゅうへん》の送電線が、何者かによって破壊されたとの情報があります。原発の電源喪失《でんげんそうしつ》の事態《じたい》が懸念《けねん》されています。国防軍はすべての原子力発電所への防衛配置《ぼうえいはいち》を開始したということです」

　スタジオが混乱《こんらん》している。

「な、なんだって！　こともあろうに原発を！」

　コメンテーターのゲジゲジ眉毛《まゆげ》のおじさんがさけんだ。

「防衛体制《ぼうえいたいせい》はどうなってるんだ！　そんなことは、戦争《せんそう》をはじめる前にやるべきだろう！」

　そこへ、三度目のニュース画面。

「アメリカ政府《せいふ》は、今回の、日本国内における原子力発電所への攻撃情報《こうげきじょうほう》により、ただちに北華人民共和国《ほっかじんみんきょうわこく》の主要《しゅよう》都市に対し、大型原子力潜水艦《おおがたげんしりょくせんすいかん》『モビィ・ディック』により、核爆弾《かくばくだん》を搭載《とうさい》した弾道《だんどう》ミサイルを発射《はっしゃ》すると発表しました。また、太平洋艦隊《たいへいようかんたい》の原子力空母サラトガとレキシントンの二隻《せき》から、ただちに戦闘爆撃機《せんとうばくげきき》が報復爆撃《ほうふくばくげき》に出撃《しゅつげき》するとのことです」

「な、なんてこった！」

「そんなことをしたら、アジアどころか、地球が破滅《はめつ》するじゃないか！」

きまじめそうなキャスターが、沈痛《ちんつう》な面《おも》もちでいった。

「まさかと思われていた、戦争が、ついにはじまってしまいました……」


「ここまでで十分だろう」とのぞみがいった。

「じゃあ、いまのは？」

「イクサガミ、あるいはＤＥＭＯＮ《デーモン》のやりかたをまねてみた」とたくみ。「戦争を気軽に考えている連中《れんちゅう》に、もしも戦争したらどうなるかをつきつけてみたんだよ」

「いけないよ！」とわたしはいった。「そんなデマを……それではＤＥＭＯＮと同じことになってしまうよ」

「やっぱりヒトミはそういうと思った」とたくみ。「ということで、デマを取り消します」

画面に文字が浮《う》かぶ。

「ただいまの映像《えいぞう》は、シミュレーション画像《がぞう》として、ある筋《すじ》から各《かく》放送局に提供《ていきょう》されたものが、あやまって挿入《そうにゅう》されてしまったものです。つつしんで、訂正《ていせい》とおわびをさせていただきます」

「なっ、なんだ、それは！　いいかげんにしろ！」

「じゃあ、いまのはほんとうのことじゃないんですね？」

「ああ、よかった！」

「当然《とうぜん》だ。こんなことになったら、それこそ世界大戦《たいせん》になってしまう」

「しかし」とキャスターがいった。「このとおりに、事態《じたい》が進行する場合も当然《とうぜん》あるわけですよね？　……実際《じっさい》、いま、進行している事態はそういうことではないのですか？」

コメンテーターたちは、全員がだまった。


……それでも、戦争《せんそう》ははじまろうとしていた。

問題はなにも解決《かいけつ》していない。つまり、北華人民共和国《ほっかじんみんきょうわこく》が不法《ふほう》に日本領《りょう》の無人島《むじんとう》を占領《せんりょう》しようとしている状況《じょうきょう》にはかわりがない。どちらかの国のミサイル発射《はっしゃ》ボタンが押《お》されるのは時間の問題だった。

「じゃあ、行こうか」とマモル。わたしはうなずいて立ちあがる。

「それでは『オペレーション・ヤツカ』開始します」
「健闘《けんとう》を祈《いの》る」とたくみが敬礼《けいれい》。
「風が強いから、気をつけて」とフジムラ。
わたしたちは、甲板《かんぱん》に出る。二機のゼロ戦《せん》が、プロペラをまわして待機《たいき》している。
波はあらく、空母せたたま小学校は上下にゆれる。
「一番機《き》、発進！」今回はマモルから発艦《はっかん》。
発煙筒《はつえんとう》の白煙《はくえん》がまっすぐに艦首《かんしゅ》から流れる。
マモルのゼロ戦が白煙にそい、するすると走りだす。
ふわり。
いつ見ても、ゼロ戦の離陸《りりく》は心がときめく。
あ。わたしの番だ。
「二番機、発進！」
わたしたちは、青い日本海上空を飛《と》ぶ。

「なんてすてきな海なんだ！」とマモル。

「透明《とうめい》なエメラルドだね。こんなところで戦争《せんそう》なんて、ばかじゃないだろうか」

「あ、見えてきた」

「うん！」

海上に浮《う》かぶ、ほんとに豆つぶみたいに小さな無人島《むじんとう》。

「あれが春島《はる》」

そのまわりの、数十隻《せき》の軍艦《ぐんかん》。北と南にわかれ、むかいあっている。

マモルがいった。

「一番機《き》、『トッピングはモーニング・グローリー』行きます！」

で、やらなくていいのに、いちどわたしの前でわざわざ宙《ちゅう》がえりし、それから海面に降《お》りていく。

「どう？」

「かっこいいです〜」と、しかたなくほめてやった。

わたしは上空にとどまり、一番機を見まもる。

海面すれすれのところまでくると、

ブシュッ

ゼロ戦《せん》の増槽《ぞうそう》タンクから、白い霧《きり》が吹《ふ》きだされる。

マモルのすすむあとに、真っ白な霧の太い線が描《えが》かれた。

まるで、「モーニング・グローリー」すなわちオーストラリアの朝に見られる、葉巻《はまき》状《じょう》の長い雲のような白い霧が、紛争《ふんそう》のもとである「春島」をすっかりまきこんで、まわりから見えなくしてしまった。

その霧は、春島だけでなく、その周囲《しゅうい》を取りまく軍艦や報道《ほうどう》の船にもまとわりついて、やがて何もかも見えなくしてしまう。

「OK《オーケー》！　作戦《さくせん》その一『トッピングはモーニング・グローリー』完了《かんりょう》」とわたしはいった。「成功《せいこう》だよ、マモル！」

「オペレーション・ヤツカ」は、米軍《べいぐん》のB《ビー》－29が、八塚《やつか》市を爆撃《ばくげき》しようとしたときにおきた事件《じけん》の、フジムラの推理《すいり》をもとにして立案《りつあん》された。

「B－29の編隊《へんたい》が、八塚市上空に来たとき、かれらは八塚市を発見できなかったのです。

八塚《やつか》市は、消えてしまったんだ。何度上空を飛《と》んで確認《かくにん》しても、地上に『ヤツカ』は存《そん》在《ざい》しなかった。かれらはキツネにつままれたような気分になった。爆撃《ばくげき》に参加《さんか》した搭乗《とうじょう》員《いん》は精神的《せいしんてき》におかしくなったと判断《はんだん》され、八塚市爆撃の記録《きろく》は削除《さくじょ》された」

「どうしてそんなことがおきたの？」

そのとき、わたしたちの心の中に、オコジョの声がこだました。

（イクサガミが、そうさせたのよ。戦争《せんそう》をやめさせたいほうのイクサガミが）

フジムラがいった。

「つまり、そんなふうにして、戦争をやめさせればいいんですね？」

のぞみは苦笑《にがわら》いしていった。

「それはまた、難題《なんだい》を……」

「できるはずです」

「時間もないのに」とたくみもぶつぶついった。

でも、しかけはすぐにととのった。

マモルの煙幕《えんまく》で、周囲《しゅうい》の目をくらまし、わたしの爆撃で、島をある物質《ぶっしつ》でつつみこむ。

いってみれば、コーティングするわけだ。すると、人間の視界《しかい》からも、レーダーサイトからも、春島《はるしま》の存在は確認できなくなるのだ。

「レーダーはわかるけどさ。どうせネットとか、いろいろいじるわけでしょ。でも、人間の目はごまかせないでしょ?」とマモルがたずねると、のぞみはいった。

「そっちのほうのしかけはたいしたことないわよ。人間の視界の構造《こうぞう》なんて、単純《たんじゅん》なものなんだもの。ネットは機械《きかい》だからね。式があればできることはできるけど、そっちのほうが複雑《ふくざつ》でややこしい」

この「コーティング」の効用《こうよう》は一か月だそうだ。つまり一か月たてば、春島はもとどおり、だれの目にも見えるようになり、衛星《えいせい》写真にもとらえられ、ふたたびその存在を誇示《こじ》するわけである。

「そのころには、戦争しようという気分を、なくしてしまいたい。……でも、戦争をとめるには、それだけではだめでしょう」とのぞみはいった。

「二番機《き》、作戦《さくせん》その二『ヒトミ爆弾《ばくだん》』開始!」

ぐぐっと急降下《きゅうこうか》。

白い霧《きり》の中につっこむ。

海面すれすれに「春島《はるじま》」にむかう。

白い霧は、約《やく》一、二メートルの高さより上の、海面上のものをかくしている。

つまり、海面すれすれの空間は霧の下になって、ある程度《ていど》は視界《しかい》がある。わたしは、白い霧と、海面の波のあいだをまっすぐに飛《と》ぶ。これが意外にむずかしい。波が高いからだ。ときおり機体《きたい》に波がぶつかり、コクピットの窓《まど》にしぶきが飛びちる。母艦《ぼかん》で見ているアユの悲鳴がきこえる。

「ヒトミ、低《ひく》すぎるよ！」

「だいじょうぶだってば。エンジェルさまを信《しん》じなさい」

やがて、見当をつけたあたりに、春島が見えてくる。

遠くでも近くすぎてもいけない、微妙《びみょう》な距離《きょり》。

「ここだ！」

発射《はっしゃ》ボタンを押《お》す。

「ファイア！」

爆弾《ばくだん》が機体をはなれ、ゼロ戦《せん》は急に軽くなり、そのまま急上昇《きゅうじょうしょう》。

どうなった？

ふりかえる。すると、

ボワアアアン！

にぶい音とともに、オレンジ色の光が、春島をつつむ。その光は春島だけでなく、その周囲《しゅうい》の、マモルがまいた霧をそめてゆく。

「命中《めいちゅう》！」

「さあ、ヒトミ、がんばれ！」

そう。作戦二は、ここからが勝負なのだ。


わたしはコクピットにとりつけられたマイクにむかって、さけんだ。

日本のみなさん！　北華人民共和国《ほっかじんみんきょうわこく》のみなさん！

戦争《せんそう》を、やめましょう！
だれが、戦争をしたいんですか？
だれが、殺しあいをしたいんですか？
そんなこと、だれもしたくない！
みんな、わかっているんでしょ！
どうしてやめないの？
だれにもいるよね、愛《あい》するひとが。だいじなひとが。
だったら、いますぐ、やめようよ、こんなこと。

オレンジ色の光とともに、わたしの声は、すべての人に伝《つた》わるはずだ。だって、のぞみがそういったんだもの。
「わかったわ、ヒトミ。だれの心の中にも流れている川、その流れをとめているせきをこわすことは、機械《きかい》にはむり。でも、あなたの声を、みんなに伝えることは、なんとかできる。だから、あなたのメッセージをとどけるための装置《そうち》を搭載《とうさい》してみましょう。あとはあなたしだい」

そう。わたしのことばにかかっているのだ。

でも、いいたいことをいってしまうと、もう、アタマの中はからっぽだ。

「がんばれ、ヒトミ！」

アユの声がする。

「「「がんばれ、ヒトミ！」」」

みんなが応援《おうえん》してくれている。アユだけじゃない。マモルも、フジムラも、のぞみも、たくみも、わたしにむかってエールを送っている。

でも、これ以上《いじょう》、何をいえばいいんだ。

いけない。何かいわなくちゃ。

戦争をやめさせるんだ。

「世界のみなさん！」とわたしはさけんだ。

それから……。

戦争《せんそう》じゃな〜く〜　平和をつくろう〜

なんとなんと、出てきたのは、歌だった。

どこかできいたような。学校じゃないな。このメロディーは。たしか「平和を我《われ》らに」とかいう歌だ。単調《たんちょう》なメロディーの。それに単純《たんじゅん》な歌詞《かし》だった。でも歌っているひとびとの、想いがこめられていた。そのメロディーに、思いついたことばをのせる。

♪戦争を、やめよう〜　平和を、つくろう〜　♪

「そうきたか」とたくみの声がする。

「いかにも、ヒトミだね」とアユ。「あたしも、歌うよ！」

「ぼくらも！」とフジムラ。「いいわよ！」と、のぞみ。わたしにあわせて、みんながいっしょに歌いだす。

♪戦争を、やめよう　平和を、つくろう　♪

「世界のみなさん！　いっしょに歌おう！」

♪戦争を、やめよう　平和を、つくろう　♪
♪戦争を、やめよう　平和を、つくろう　♪
♪戦争を、やめよう　平和を、つくろう　♪
♪戦争を、やめよう　平和を、つくろう　♪

歌うたびに、いっしょに歌うひとが、ふえていく。どこから聞こえるのかわからないけど、わたしには聞こえる。

「ヒトミ！　みんなが歌っている！」

「もっともっと、歌おう!」とマモルとフジムラがいっている。

♪戦争《せんそう》を、やめよう　平和を、つくろう　♪

「大合唱《だいがっしょう》だ。第九みたいだ。すごいよ、ヒトミ!」

「あたしの心の中に、みんなの声が聞こえてくるよ!　やったね、ヒトミ、みんなの心の底《そこ》の川が、ひとつになって流れているよ!」

「もう、この流れは、だれにもせきとめられない!」

♪戦争を、やめよう　平和を、つくろう　♪

わたしは、この大きなコーラスの指揮《しき》をとるように、大空で舞《ま》った。ゼロ戦《せん》は上昇《じょうしょう》し、宙《ちゅう》がえりし、楽しそうに飛《と》んだ。

「のぞみ、たくみ、こんなことが人間にできるって、知ってた?」とアユがたずねる。

するとのぞみがいった。

「もちろんよ。見くびらないの!」

「じゃあ、機械《きかい》にもこんなことができる?」

「できるよ」とたくみ。

「アユ。むしろ、それを教えてくれたのは、機械なんだよ」と、フジムラ。「あのね。メトロノームを、何十台もばらばらに動かすんだ。すると、やがて、みんな、いっせいにみごとに同じ動きになるんだよ。それを、同時周期《しゅうき》というんだ。機械も、人間も同じだよ!」

「そ、そうなんだ……」とアユがおどろく。「そっか。そうだよね! 機械だって、戦《せん》争《そう》なんかしたくないもんね!」

「同時周期は、ひとつまちがえば、みんなで一致《いっち》して戦争をするという、わるい方向にだってむかう。でも、戦争をやめようというときには、やっぱり、こんなふうに、みんなの声を集めた、大きな、流れが必要《ひつよう》なんだ」とフジムラがしみじみといった。

やがて、マモルの声がした。

「ヒトミ。よくやった。作戦終了《さくせんしゅうりょう》だ」

「了解《りょうかい》！」


空母に帰艦《きかん》した。

波があらく、着艦《ちゃっかん》のときはけっこうな衝撃《しょうげき》があった。

それでも二機《き》ともぶじに着艦できたのは、アユの操艦技術《そうかんぎじゅつ》のおかげだ。

コクピットから飛《と》び降《お》り、二人で艦橋《かんきょう》にかけあがる。

「ねえ、どうなった?」

ドアをあけるなり、さけんだ。

フジムラがV《ブイ》サインした。

立体テレビがいっている。

「なんということでしょう！　おどろくべきことがおきました。いまにも戦争《せんそう》がはじまろうとしていた、日本海の『春島《はる》』が、とつぜん、消えてしまったのです！」

アナウンサーが興奮《こうふん》してしゃべっている。スタジオのひとたちはみんな、あっけにとられている。それは、現地《げんち》のレポーターもそうだった。

「ありえません。ですが、ほんとうなのです。わたしたちの目の前から、『春島』が消えてしまったのです！……いま、両国の艦隊《かんたい》は、それぞれ反転しています！　戦争の危《き》機《き》が、回避《かいひ》されました！」

わたしとマモルは、「やったね！」と、ハイタッチした。みんなともハイタッチ。

「うまくいったね！」

「やりました！」


「さ、帰るぞ」

「イエッサー！」

アユがふたたび舵《かじ》をにぎる。

空母せたたま小学校は、しばらく白波をけたてて日本海を走ったのち、ふわりと空中に浮《う》いた。

あーあ、とわたしはちょっとなさけない声を出した。

「どうしたの、ヒトミ」とたくみがたずねる。

「ヒトミだけじゃなく、みんな、なんでそんなになさけない顔をしてるの？　戦争をとめた、ヒーロー諸君《しょくん》」

「だって」とわたしはいった。

「帰ったら学校に行かなきゃならないんだもん」

「宿題もしてないのに」と、アユがつけくわえた。

●○CAST○●

野間ヒトミ
Hitomi Noma

溝口アユ
Ayu Mizoguchi

三田フジムラ
Fujimura Mita

小六マモル
Mamoru Koroku

冬元のぞみ
Nozomi Fuyumoto

芦村たくみ
Takumi Ashimura

レンガくん(高橋こうじ)……… すみれ先生のカレシ
すみれ先生……………………… せたたま小学校教師
マサカドさん…………………… ラーメン小六店主
橋田淳…………………………… ヒトミの祖父・作家
オコジョ………………………… 元心理カウンセラー

special thanks to

せたたま小学校／空母せたたま小学校
せたたま商店街／マンション・リバーサイドせたたま／ラーメン小六
八塚市大王神社／八塚市のみなさん
国防軍北方日本海艦隊（護衛艦「いざなみ」「いざなぎ」ほか）
北華人民共和国海軍
STV「夕焼けどてたま」スタッフのみなさん
フルーツパーラー「シブヤ 888」

★本作品はフィクションです。
もし、せたたま、もとい、たまたま類似した名称等があったとしても、
それは単なる偶然です。ご了解のほど。

作 ◎ 芝田勝茂（しばた かつも）
石川県羽咋市出身。著書は異世界ファンタジー『ドーム郡ものがたり』『虹への旅』『真実の種、うその種』（小峰書店・日本児童文芸家協会賞）、『ふるさとは、夏』（福音館文庫・産経児童出版文化賞）、『サラシナ』『きみに会いたい』（いずれもあかね書房）、近未来SF「進化論」（講談社）、『空母せたたま小学校、発進!』『空母せたたま小学校　世界の謎はボクが解く!』（いずれもそうえん社）など多岐。編訳に『ガリバー旅行記』『西遊記』『ロビンソン・クルーソー』（いずれも学研プラス）があり、伝記『葛飾北斎～世界を驚かせた浮世絵師』（あかね書房）も手がけている。

絵 ◎ 倉馬奈未×ハイロン
キャラクターイラスト担当の倉馬奈未と背景・メカニカル担当のハイロンによるユニット。『空母せたたま小学校、発進!』『空母せたたま小学校 世界の謎はボクが解く!』（いずれもそうえん社）で現実とファンタジーのまじわる物語を独特な世界観で表現している。

・倉馬奈未（くらま なみ）
東京工芸大学卒業。イラストレーター。児童書のイラストや、占い雑誌のイラスト、体験談ホラー漫画等の仕事を手がける。ゴシックやパステルゴス、ロリィタ、スチームパンクが好き。
★公式サイト⇒『インク壺の底』 http://the-hidden.wix.com/kurama

・ハイロン（HiRON）
東京都に生まれる。イラストレーター。おもに3DCGのキャラクターやメカを中心に、企業広告、書籍・雑誌、WEBなどのさまざまなメディアで活躍。このほか玩具メーカーのカードゲームのイラストなども手がけている。
★公式サイト⇒『CYBERFACTORY-H website』http://hiron-x.wix.com/hiron

お便りをお待ちしています。
〒160-0015　東京都新宿区大京町22-1そうえん社「ホップステップキッズ!」編集部宛
いただいたお便りは編集部より著者にお渡しいたします。

ホップステップキッズ! 31
空母せたたま小学校
戦争ガ起キルカモシレナイ
2016年7月　第1刷

作 ◎ 芝田勝茂（しばた かつも）
絵 ◎ 倉馬奈未×ハイロン（くらま なみ×はいろん）

装 幀 ◎ 植田マナミ（ウエダデザイン）

発 行 者：田中俊彦
編　　集：小桜浩子
発 行 所：株式会社そうえん社
〒160-0015　東京都新宿区大京町22-1
営業 03-5362-5150（TEL）／03-3359-2647（FAX）
編集 03-3357-2219（TEL）
振替 00140-4-46366
印刷・製本：図書印刷株式会社

N.D.C.913 / 263p /20×14cm　ISBN978-4-88264-540-5　Printed in Japan

ホームページ◎http://soensha.co.jp

区民グラウンド
たぬき公園
仮校舎があった
ゆうびん局
喫茶コノフの森
住宅街
ちゃがま図書館
アパートワカオ
Book
ハートどうぶつ病院
住宅街
なごみホーム
眼科
ケーキショップステラ
ことりもいる
ペットショップくんくん
コンビニエイトナイン
24
ワック
ヘアサロンありす
学習塾こざくら
マンションそうえんハイム
フジムラがかよっている
内科・小児科
関クリニック
コインランドリー
クスリ
せた寺
よよみゼミナール
スーパー
スーパーせたたま
本
友岡民家園
たまがわ小学校
グラウンド
ライブハウスジアコギ
高級マンションぽぷら
住宅街
交番
バレエスタジオあみ
アパートゆめ
テナントぼしゅう
ぶんぶく図書館
歯科
クリーニング店
サイゾー
100
酒
ヒトミマモルがよく行く
ゲーム屋さん
GAO
マモルのうち
家電
ファミリーレストラン
プチプラおようふくやさんしまやま
ほいくえんあっぷる
アユがよく行く
雑貨屋ペガサス
ネイルサロン
パスタ屋ハイロン
HIRON
不動産ささき
くるくる寿司
インドカレー屋パコダ
パチンコ屋さん
くつやさん
くらま文具店
ラーメン小六
お弁当屋
北山菓子店
だいふく
DVD Shop
TATSUYA
ATM
たこやき
コンビニルーソン
BOOK
くすり
24
魚
お肉
けんち写真館
にゃんこカフェ
せたたま商店街
めずほ銀行
京せたたま駅
パン屋
駐車場
せたたま
為口屋デパート
マンション せたたまリバーサイド